L’ACCORDEUR DE SILENCES

DU MÊME AUTEUR

Les Baleines de Quissico, Albin Michel, 1996

La Véranda du frangipanier, Albin Michel, 2000

Chronique des jours de cendre, Albin Michel, 2003

Le Chat et le Noir, Chandeigne, 2003

Tombe, tombe au fond de l'eau, Chandeigne, 2005

Rui Assubuji : photographe, Éditions de l'Œil, 2005

Un fleuve appelé temps, une maison appelée terre, Albin Michel, 2008

Mia Couto : écrivain, Éditions de l'Œil, 2008

Le Dernier vol du flamant, Chandeigne, 2010

Si Obama était africain, Chandeigne, 2010

Le Fil des Missangas, Chandeigne, 2010

Poisons de Dieu, remèdes du Diable, Métailié, 2013

Mia COUTO

L'ACCORDEUR DE SILENCES

Traduit du portugais (Mozambique)
par Elisabeth Monteiro Rodrigues

Éditions Métailié
20, rue des Grands Augustins, 75006 Paris
www.editions-metailie.com
2013

Titre original : *Jesusalém*
1re publication : Caminho, Lisboa

ISBN : 978-2-86424-899-6
ISSN : 1281-5667

Mia Couto *est né au Mozambique en 1955. Après avoir étudié la médecine et la biologie à Maputo, il devient, en 1974, journaliste d'abord au quotidien* Noticias de Maputo, *puis à l'hebdomadaire* Tempo. *Actuellement il vit à Maputo où il est biologiste, spécialiste des zones côtières, il enseigne l'écologie à l'université. Pour Henning Mankell, "il est aujourd'hui l'un des auteurs les plus intéressants et les plus importants d'Afrique". Il est également l'auteur de* Poisons de Dieu, remèdes du Diable.

Jesusalém, le nom de l'endroit où se sont exilés les protagonistes, mot-valise composé de *Jesus* et de *além* (Jésus et au-delà), a été conservé et retranscrit. Il devient en français : Jésusalem.

Sauf exception, les traductions des poèmes de Sophia de Mello Breyner Andresen ont été réalisées d'après celles de Joaquim Vital et de Michel Chandeigne publiées aux éditions de la Différence et de l'Escampette.

La traductrice remercie Michel Riaudel de son aide précieuse dans la traduction des poèmes d'Hilda Hilst et Adélia Prado.

La traductrice remercie Marie Baudry.

Toute l'histoire du monde ne me paraît souvent rien d'autre qu'un livre d'images reflétant le désir le plus violent et le plus aveugle des hommes : le désir d'oublier.

Hermann Hesse, *Le Voyage en Orient**

* Traduit de l'allemand par Jean Lambert, Calmann-Lévy, 1948. *(NdT)*

Livre Un

L'HUMANITÉ

Je suis le seul homme à bord de mon bateau.
Les autres sont des monstres qui ne parlent pas,
Des tigres et des ours que j'ai attachés aux rames,
Et mon dédain règne sur la mer.

[…]
Et il est des moments de quasi-oubli
Dans une immense douceur de retour.

Ma patrie est là où le vent passe,
Mon aimée est là où les roseraies fleurissent,
Mon désir est la trace laissée par les oiseaux,
Et jamais je ne m'éveille de ce rêve et jamais je ne dors.

Sophia de Mello Breyner Andresen

Moi, Mwanito, l'accordeur de silences

J'écoute mais ne sais
Si ce que j'entends est silence
Ou dieu.
[…]
Sophia de Mello Breyner Andresen

La première fois que j'ai vu une femme j'avais onze ans et je me suis trouvé soudainement si désarmé que j'ai fondu en larmes. Je vivais dans un désert habité uniquement par cinq hommes. Mon père avait donné un nom à ce coin perdu. Simplement nommé : "Jésusalem." C'était cette terre-là où Jésus devrait se décrucifier. Et point, final.

Mon vieux, Silvestre Vitalício, nous avait expliqué que c'en était fini du monde et que nous étions les derniers survivants. Après l'horizon ne figuraient plus que des territoires sans vie qu'il appelait vaguement "l'Autre-Côté". En peu de mots, la planète entière se résumait ainsi : dépouillée d'humanité, de routes et d'empreintes animales. Les âmes en peine s'étaient elles aussi éteintes dans ces lointaines contrées.

En contrepartie, il n'y avait que des vivants à Jésusalem. Ignorant la saudade ou l'espoir, mais des gens vivants. Là, nous existions si seuls que nous ne souffrions même pas de maladies, et moi, je nous croyais immortels. Seules les bêtes et les plantes mouraient autour de nous. Et dans les étiages, notre fleuve sans nom, un cours d'eau qui coulait à l'arrière du campement, décédait de mensonge.

L'humanité c'était moi, mon père, mon frère Ntunzi, et Zacaria Kalash, notre domestique qui, comme vous le verrez, n'avait même pas de présence. Et personne d'autre. Ou presque. À vrai dire, j'ai oublié deux semi-habitants : l'ânesse Jezibela, tellement humaine qu'elle noyait les divagations sexuelles de mon vieux père. Et je n'ai pas évoqué non plus mon oncle Aproximado. Ce parent mérite une mention car il ne vivait pas avec nous dans le campement. Il habitait près du portail à l'entrée de la concession de chasse, au-delà de la distance autorisée, et nous rendait seulement visite de temps en temps. Les heures et les bêtes sauvages s'étendaient entre nous et sa cabane.

Pour nous, les gosses, l'arrivée d'Aproximado était le motif d'une très grande fête, un ébranlement dans notre aride monotonie. L'oncle apportait des vivres, des vêtements, des biens de première nécessité. Mon père, nerveux, sortait à la rencontre du camion où s'entassaient les commandes. Il interceptait le visiteur avant que le véhicule ne franchisse le mur qui entourait le bloc de maisons. Aproximado avait l'obligation de se laver afin de ne pas rapporter de contaminations de la ville dans cette enceinte. Qu'il fasse froid ou qu'il fasse nuit, il se lavait avec de la terre et de l'eau. Après son bain, Silvestre débagageait le camion, hâtant les livraisons, écourtant les adieux. En un instant volatil plus bref qu'un battement d'ailes, devant notre regard angoissé, Aproximado s'éteignait à nouveau au-delà de l'horizon.

– Ce n'est pas mon frère direct, disait Silvestre pour se justifier. Je ne veux pas trop de parlote, cet homme ne connaît pas nos coutumes.

Cette maigre humanité, unie comme les cinq doigts, était en définitive divisée : mon père, mon oncle et Zacaria étaient noirs de peau ; moi et Ntunzi aussi, mais de peau plus claire.

– Nous sommes d'une autre race ? demandai-je un jour.

Mon père répondit :

– Personne n'a de race. Les races, dit-il, sont des uniformes que nous endossons.

Peut-être Silvestre avait-il raison. Mais j'ai appris trop tard que cet uniforme se colle parfois à l'âme des hommes.

– Ça vient de ta mère, Dordalma, Douleurdâme, cette clarté de ta peau. Alminha était un petit peu métisse, éclaira mon oncle.

La famille, l'école, les autres, tous élisent pour nous une clarté prometteuse, un territoire dans lequel briller. Les uns sont nés pour chanter, d'autres pour danser, d'autres simplement nés pour être autres. Je suis né pour me taire. Le silence est mon unique vocation. C'est mon père qui m'a expliqué : j'ai un don pour ne pas parler, un talent pour épurer les silences. J'écris bien, silences, au pluriel. Oui, car il n'est pas de silence unique. Et chaque silence est une musique à l'état de gestation.

Lorsqu'on me voyait, immobile et reclus, dans mon invisible recoin, je n'étais pas prostré. J'étais comblé, l'âme et le corps habités : je nouais les fils délicats dont on tisse la quiétude. J'étais un accordeur de silences.

– Viens mon enfant, viens m'aider à rester silencieux.

À la fin de la journée, mon vieux se calait sur la chaise de la terrasse. Et il en était ainsi toutes les nuits : je m'asseyais à ses pieds, regardant les étoiles là-haut dans le ciel noir. Mon père fermait les yeux, sa tête dodelinant d'un côté à l'autre, comme si un compas réglait cette tranquillité. Puis, inspirant profondément, il disait :

– Ce silence-là est le plus beau que j'aie entendu jusqu'à aujourd'hui. Je te remercie, Mwanito.

Rester convenablement silencieux requiert des années de pratique. Chez moi, c'était un don naturel, legs de quelque ancêtre. Peut-être l'avais-je hérité de ma mère, dona Dordalma. Qui pouvait en être sûr ? Tellement silencieuse, elle avait cessé d'exister sans même qu'on remarque qu'elle ne vivait déjà plus parmi nous, les vivants en vigueur.

– Tu sais, mon enfant : il y a le repos des cimetières. Mais la tranquillité de cette terrasse est différente.

Mon père. Sa voix était si discrète qu'on aurait seulement dit une autre variété de silence. Il toussotait et sa toux rauque, celle-là, était une parole occulte, sans mots ni grammaire.

Au loin, à la fenêtre de la maison voisine, on entrevoyait une veilleuse tremblotante. Mon frère nous épiait certainement. Une culpabilité écornait mon cœur : j'étais l'élu, le seul à partager des proximités avec notre père éternel.

– On n'appelle pas Ntunzi ?

– Laisse ton frère. C'est avec toi que je préfère rester seul.

– Mais j'ai presque sommeil, papa.

– Reste encore un peu. Ce sont des colères, tellement de colères accumulées. J'ai besoin de noyer ces colères et n'ai pas le cœur à tant.

– Quelles colères, mon père ?

– Pendant de nombreuses années, j'ai alimenté des bêtes sauvages en croyant que c'étaient des animaux de compagnie.

Je me plaignais d'avoir sommeil, mais c'était lui qui s'endormait. Je le laissais somnolent sur sa chaise et retournais dans la chambre où Ntunzi, réveillé, m'attendait. Mon frère me regardait avec un mélange d'envie et de commisération :

– Encore cette salade du silence ?

– Ne dis pas ça, Ntunzi.

– Ce vieux est devenu fou. Et le pire c'est que ce type ne m'aime pas.

– Il t'aime.

– Pourquoi est-ce qu'il ne m'appelle jamais ?

– Il dit que je suis un accordeur de silences.

– Et tu y crois ? Tu ne vois pas que c'est un grand mensonge ?

– Je ne sais pas, mon frère, qu'est-ce que je dois faire, puisqu'il aime que je reste là, tout silencieux ?

– Tu ne comprends pas que tout ça c'est du blabla ? La vérité c'est que tu lui rappelles notre défunte mère.

Mille fois Ntunzi m'a rappelé pourquoi mon père m'avait élu son préféré. La raison de ce favoritisme était survenue d'un seul coup : à l'enterrement de notre mère, Silvestre ne sachant pas étrenner son veuvage se réfugia dans un coin pour éclater en sanglots. Je m'approchai alors de mon père et il s'agenouilla pour affronter la toute-petitesse de mes trois ans. Je tendis les bras et, au lieu d'essuyer son visage, je plaçai mes petites mains sur ses oreilles. Comme si je voulais le transformer en île et l'éloigner de tout ce qui avait une voix. Silvestre ferma les yeux dans cette enceinte sans écho et vit que Dordalma n'était pas morte. Son bras, aveugle, se tendit dans la pénombre :

– Alminha !

Et jamais plus il n'a prononcé son nom. Ni évoqué le souvenir de l'époque où il avait été son mari. Tout cela devait être tu, enseveli dans l'oubli.

– Et toi aide-moi, mon enfant.

Pour Silvestre Vitalício, ma vocation était définie : veiller sur cette incurable absence, garder les démons qui dévoraient son sommeil. Une fois, tandis que nous partagions des tranquillités, je risquai :

– Ntunzi dit que je vous rappelle maman. C'est vrai, papa ?

– C'est le contraire, tu m'éloignes des souvenirs. C'est ce Ntunzi qui me ramène des épines d'autrefois.

– Vous savez, papa ? Hier j'ai rêvé de maman.

– Comment tu peux rêver de quelqu'un que tu n'as jamais connu ?

– Je l'ai connue, simplement je ne me rappelle pas.

– C'est la même chose.

– Mais je me souviens de sa voix.

– Quelle voix ? Dordalma ne parlait presque pas.

– Je me rappelle un calme qui ressemble, je ne sais pas, qui ressemble à de l'eau. Parfois, j'ai l'impression que je me souviens de la maison, du grand calme de la maison…

– Et Ntunzi ?

– Ntunzi quoi, papa ?

– Il soutient qu'il se souvient de maman ?

– Il n'y a pas un jour où il ne se souvient pas d'elle.

Mon père n'a rien répondu. Il a remâché sa rogne puis affirmé avec la voix rauque de celui qui est allé au fond de son âme :

– Je vais dire une chose, je ne le répèterai plus jamais : vous ne pouvez ni vous souvenir ni rêver de rien, mes enfants.

– Mais je rêve, papa. Et Ntunzi se rappelle tellement de choses.

– Tout est faux. Ce dont vous rêvez, c'est moi qui l'ai créé dans vos têtes. Vous comprenez ?

– Oui, papa.

– Et ce dont vous vous souvenez, c'est moi qui l'allume dans vos têtes.

Le rêve est un dialogue avec les morts, un voyage au pays des âmes. Mais il n'y avait plus ni trépassés ni territoires des âmes. Le monde était parvenu à sa fin et son terme était un dénouement absolu : la mort sans morts. Le pays des défunts était annulé, le royaume des dieux aboli. Ce fut ainsi que mon père parla d'un trait. Jusqu'à aujourd'hui, cette explication de Silvestre Vitalício me semble lugubre et confuse. Toutefois, à ce moment-là, il fut péremptoire :

– C'est pour ça que vous ne pouvez ni rêver ni vous souvenir. Car moi-même je ne rêve pas et ne me souviens pas non plus.

– Mais, papa, vous n'avez pas le souvenir de notre mère ?

– Ni d'elle, ni de la maison, ni de rien. Je ne me rappelle plus rien.

Et il s'est levé, grinçant, pour réchauffer le café. Ses pas étaient ceux d'un baobab arrachant ses propres racines. Il a regardé le feu, comme s'il se contemplait dans un miroir, il a fermé les yeux et humé les vapeurs parfumées de la cafetière. Les yeux toujours fermés, il murmura :

– Je vais dire un péché : j'ai arrêté de prier quand tu es né.

– Ne dites pas ça, mon père.

– Je te le dis.

Certains ont des enfants pour être plus proches de Dieu. Depuis qu'il était père, il était devenu Dieu. Ainsi parla Silvestre Vitalício. Et il poursuivit : les faux tristes, les méchants solitaires croient que leurs lamentations s'élèvent dans les hauteurs.

– Mais Dieu est sourd, dit-il.

Faisant une pause pour prendre sa tasse et savourer son café, il conclut :

– Quand bien même il ne serait pas sourd : quelle parole pour parler à Dieu ?

À Jésusalem, il n'y avait pas d'église en pierre, pas de croix. C'était dans mon silence que mon père érigeait sa cathédrale. C'était là qu'il attendait le retour de Dieu.

En réalité, je ne suis pas né à Jésusalem. Je suis, disons, émigrant d'un lieu sans nom, sans géographie, sans histoire. À la mort de ma mère, j'avais trois ans, mon père m'a aussitôt emmené avec mon frère aîné et a quitté la ville. Il a traversé des forêts, des fleuves et des déserts jusqu'à gagner un endroit qu'il croyait le plus inaccessible. Dans cette odyssée, nous avons croisé des milliers de personnes qui avançaient en sens inverse : désertant la campagne pour la ville, fuyant la campagne en guerre pour se réfugier dans la misère urbaine. Les gens trouvaient cela étrange : pour quelle raison notre famille s'enfonçait-elle dans les terres, là où la nation flambait ?

Mon père suivait, tassé sur le siège avant. Il semblait nauséeux, peut-être s'était-il résigné à voyager plutôt sur un bateau que dans une voiture.

– Ici c'est l'arche de Noé motorisée, proclama-t-il alors qu'on prenait place dans le vieux tacot.

Zacaria Kalash, l'ancien militaire qui aidait mon père dans les tâches quotidiennes, voyageait avec nous, à l'arrière de la camionnette.

– Mais on va où ? demanda mon frère.

– À partir de maintenant, il n'y a plus de où, décréta Silvestre.

Au terme de ce long voyage, nous nous sommes installés dans une concession de chasse depuis longtemps déserte, nous réfugiant dans un campement abandonné des chasseurs. Autour, la guerre avait tout vidé, sans l'ombre d'une humanité. Même les animaux étaient rares. Seule la brousse hostile abondait là où depuis longtemps aucune route ne se profilait.

Nous nous installâmes dans les décombres du campement. Mon père, dans la ruine centrale ; moi et Ntunzi dans une maison annexe. Zacaria se casa dans un vieil entrepôt, situé à l'arrière. L'ancienne maison de l'administration resta inoccupée.

– Cette maison, dit mon père, est habitée par des ombres et gouvernée par des souvenirs.

Puis, il ordonna :

– Là, personne n'entre !

Les travaux de restauration furent sommaires. Silvestre ne voulait pas manquer de respect à ce qu'il appelait les "œuvres du temps". Il s'occupa d'une seule tâche : sur une petite place à l'entrée du campement se trouvait un mât sur lequel autrefois on hissait les drapeaux. Mon père en fit le support d'un gigantesque crucifix. Au-dessus de la tête du Christ, il fixa un écriteau où on pouvait lire : "Soyez bienvenu, Seigneur Dieu." Telle était sa croyance :

– Un jour, Dieu viendra nous demander pardon.

Mon oncle et le serviteur se signaient confusément pour conjurer l'hérésie. Nous souriions, confiants : on devait jouir de quelque protection divine pour ne jamais souffrir de maladie, de morsure de serpent ou d'attaque animale.

Maintes et maintes fois, nous demandions pourquoi nous étions là, loin de tout et de tous. Mon père répondait :

– Le monde est fini, mes enfants. Il ne reste que Jésusalem.

J'avais foi dans les paroles paternelles. Ntunzi, cependant, tenait tout ça pour du délire. Réfractaire, il s'enquérait à nouveau :

– Et il n'y a plus personne dans le monde ?

Silvestre Vitalício inspirait comme si la réponse demandait énormément de courage et, laissant échapper un profond soupir, murmurait :

– On est les derniers.

Diligencieux, Vitalício s'occupait de nous élever avec soins et prévenances. Mais en évitant de sombrer dans la tendresse. C'était un homme. Et on était à l'école des hommes. Les uniques et les derniers hommes. Je me rappelle qu'il m'écartait avec une ferme délicatesse lorsque je l'embrassais :

– Tu fermes les yeux quand tu m'embrasses ?

– Je ne sais pas, papa, je ne sais pas.

– Tu ne dois pas faire ça.

– Fermer les yeux, papa ?

– M'embrasser.

Malgré la distance physique, Silvestre Vitalício fut toujours un père maternel, un ancêtre présent. Une telle sollicitude me semblait étrange. Car ce zèle était la négation de tout ce qu'il trompetait. Ce dévouement n'avait de sens que si une époque pleine d'avenir existait en un lieu non dévoilé.

– Mais, papa, racontez-nous, comment le monde est mort ?

– En réalité, je ne me souviens plus.

– Mais l'Oncle Aproximado...

– Votre oncle raconte beaucoup d'histoires...

– Alors, papa, racontez-nous, vous.

– Voici ce qui s'est passé : le monde s'est terminé avant même la fin du monde...

L'univers s'était achevé sans spectacle, sans déchirure ni éclair. Par dépérissement, tari dans le désespoir. Et ainsi, nébuleusement, mon père déviait sur l'extinction du cosmos. D'abord, les lieux-femelles commencèrent à mourir : les sources, les plages, les eaux. Puis, les lieux-mâles : les villages, les chemins, les ports.

– Seul cet endroit a survécu. C'est ici qu'on vit pour toujours.

Vivre ? Pourtant, vivre c'est accomplir des rêves, attendre des nouvelles. Silvestre ne rêvait pas et n'attendait pas de nouvelles non plus. Au début, il voulait un endroit où personne ne se souviendrait de son nom. Maintenant, il ne se souvenait plus lui-même qui il était.

Oncle Aproximado mettait de l'eau dans le vin des élucubrations paternelles. Son beau-frère avait quitté la ville pour des raisons banales, communes à ceux qui avancent en âge.

– Votre père se plaignait de se sentir vieillir.

La vieillesse n'est pas l'âge : c'est une fatigue. Quand on est vieux, tout le monde a l'air pareil. Telle était la jérémiade de Silvestre Vitalício. Quand il se décida au voyage absolu, les habitants et les lieux étaient déjà tous indiscernables. D'autres fois – et elles furent si nombreuses – Silvestre aurait déclaré : la vie est trop précieuse pour être dilapidée dans un monde désenchanté.

– Votre père est très psychologique, concluait l'oncle. Ça lui passera, un jour.

Les jours et les années passèrent et le délire de mon père persista. Avec le temps, les apparitions de mon oncle se raréfièrent. Ces absences grandissantes me faisaient souffrir, mais mon frère me détrompait :

– Oncle Aproximado n'est pas celui que tu crois, me prévenait-il.

– Je ne comprends pas.

– C'est un geôlier. C'est ça ce qu'il est, un geôlier.

– Comment ça ?

– Ton cher oncle garde la prison à laquelle on est condamnés.

– Et pourquoi on devrait être en prison ?

– À cause du crime.

– Quel crime, Ntunzi ?

– Le crime que notre père a commis.

– Ne dis pas ça, mon frère.

Toutes les histoires que papa inventait sur les raisons de quitter le monde, toutes ces versions fantaisistes n'avaient qu'un seul but : empoussiérer notre raison, en nous tenant à l'écart des souvenirs du passé.

– Il n'y a qu'une vérité : notre vieux fuit la justice.

– Et quel crime a-t-il commis ?

– Un jour, je te raconterai.

Quelle que soit la raison du bannissement, c'était Aproximado qui, huit ans auparavant, avait dirigé notre retraite à "Jésusalem", au volant d'un camion tombant en pièces. Mon oncle connaissait la destination qui nous était réservée. Il avait jadis travaillé dans cette ancienne concession comme garde-chasse. Mon oncle s'y entendait en bêtes et en fusils, en *tandos** et en forêts. Tandis qu'il nous conduisait dans sa vieille guimbarde, le bras retombant sur la portière, il dissertait sur les ruses des animaux et les secrets de la brousse.

Le fameux camion – la nouvelle arche de Noé – arriva à destination, mais rendit définitivement l'âme à la porte de ce qui s'avérerait bientôt notre maison. Il pourrit sur place, devint mon jouet favori, mon refuge pour rêver. Assis au volant de la défunte machine, j'aurais pu avoir inventé des voyages infinis, franchi des distances et des barrages. Comme ferait n'importe quel enfant, j'aurais pu avoir fait le tour de la

* Prairie, vaste surface plate couverte de graminées généralement inondée à la saison des pluies. *(NdT)*

planète jusqu'à ce que l'univers entier m'obéisse. Mais cela n'arriva jamais : mon rêve n'avait pas appris à voyager. Qui a vécu rivé à un seul sol ne sait pas rêver d'ailleurs.

Mon imagination restreinte, je finis par perfectionner d'autres parades contre la nostalgie. Pour déjouer la lenteur des heures, j'annonçais :

– Je vais au fleuve !

Probablement que personne ne m'entendait. Cependant, j'éprouvais tant de plaisir dans cette déclaration que je continuais de la répéter tandis que je me dirigeais vers la vallée. En chemin, je m'arrêtais devant un feu poteau d'électricité qui avait été installé, mais qui n'avait jamais fonctionné. Tous les autres poteaux plantés dans le sol avaient éclos en pousses vertes et c'étaient aujourd'hui des arbres à la cime splendide. Celui-là était le seul qui gisait squelettique, affrontant solitaire l'infini du temps. Ce poteau, disait Ntunzi, n'était pas un tronc enfoncé dans la terre : c'était le mât d'un bateau qui avait perdu sa mer. Aussi, je l'embrassais toujours pour recevoir la consolation d'un vieux parent.

Dans le fleuve je m'éternisais dans des rêves prolongés. J'attendais mon frère qui venait se baigner en fin d'après-midi. Ntunzi se déshabillait et restait ainsi exposé à regarder l'eau avec exactement la même nostalgie avec laquelle je le voyais contempler son sac de voyage qu'il faisait et défaisait tous les jours. Une fois, il me demanda :

– Tu as déjà été sous l'eau, petit ?

Je fis signe que non, conscient de ne pas comprendre la profondeur de sa question.

– Sous l'eau, dit Ntunzi, on entrevoit des choses impossibles à imaginer.

Je ne déchiffrai pas les paroles de mon frère. Mais peu à peu je sentis : ce fleuve sans nom était la chose la plus vivante et la plus vraie qui avait cours à Jésusalem. Finalement, l'interdiction de la larme et de la prière avait un sens. Mon père n'était pas aussi dérangé qu'on pensait. S'il y avait lieu de prier ou de pleurer, ce serait uniquement là sur la rive du fleuve, le genou fléchi sur le sable mouillé.

– Papa a toujours dit que le monde est mort, n'est-ce pas ? demanda Ntunzi.

– Eh bien, papa dit tellement de choses.

– C'est le contraire, Mwanito. Ce n'est pas le monde qui a trépassé. C'est nous qui sommes morts.

Je frissonnai, un froid passa de mon âme à ma chair, de ma chair à ma peau. En définitive, notre demeure était la mort elle-même ?

– Ne dis pas ça, Ntunzi, ça me fait une peur.

– Eh bien il faut que tu saches : nous n'avons pas quitté le monde, nous avons été expatriés comme une épine expulsée par le corps.

Les paroles de mon frère me firent mal, comme si la vie était plantée dans mon corps et que, pour grandir, je devais extirper cette écharde.

– Un jour, je te raconterai tout. – Ntunzi mit fin à la conversation. – Mais maintenant, mon petit frère tu ne veux pas voir l'autre côté ?

– Quel autre côté ?

– L'autre côté, tu sais : le monde, l'Autre-Côté !

J'observai les environs avant de répondre. Je redoutais que mon père ne nous surveille. Je scrutai le sommet de la colline, derrière les bâtiments. Je craignais que Zacaria ne passe.

– Enlève ces vêtements, allez.

– Mon frère, tu ne vas pas me faire de mal ?

Je me souvins de la fois où il m'avait jeté dans les eaux marécageuses stagnantes : j'étais resté prisonnier du fond, les pieds enchevêtrés dans les racines immergées des roseaux.

– Viens avec moi, m'invita-t-il.

Ses pieds s'enfonçant dans la boue, Ntunzi entra dans le fleuve. Il marcha jusqu'à ce que l'eau atteigne sa poitrine et m'incita à le rejoindre. Je sentis le courant agité autour de mon corps. Ntunzi me donna la main de peur que les eaux ne m'entraînent.

– On va s'enfuir, mon frère ? demandai-je, avec un enthousiasme contenu.

Il me fut pénible de n'y avoir jamais pensé : le fleuve était une route ouverte, un sillon déchiré sans interdiction. L'issue était là et nous, nous n'avions pas été capables de la voir. Redoublant d'envie, j'échafaudais des plans à haute voix : qui sait, si on retournait sur la rive et on commençait à creuser un canot ? Oui, un petit canot suffirait pour nous éloigner de cette prison et déboucher sur le vaste monde. Je contemplais Ntunzi qui demeurait étranger à mes divagations.

– Il n'y aura pas de canot, jamais. Oublie.

Les crocodiles et les hippopotames qui infestaient le fleuve plus bas me seraient-ils par hasard sortis de la tête ? Et les rapides et les cascades, enfin, les dangers et les pièges infinis que le fleuve dissimulait ?

– Mais quelqu'un y a-t-il déjà été avant ? C'est seulement ce qu'on a entendu dire…

– Tiens-toi tranquille et tais-toi.

Je le suivis à contre-courant et nous sillonnâmes l'ondulation jusqu'à arriver à la zone où le fleuve serpente, chagrin, et où son lit se tapisse de galets. Ces eaux dormantes gagnaient une surprenante limpidité. Ntunzi lâcha ma main et m'aiguilla : je devrais l'imiter. Alors il plongea, puis une fois complètement immergé, il ouvrit les yeux pour contempler ainsi la lumière qui se réverbérait à la surface. Ce que je fis : depuis le ventre du fleuve, je contemplai les éclats du soleil. Et ce scintillement m'éblouit dans un aveuglement enveloppant et doux. Si l'étreinte d'une mère existait, elle devait s'apparenter à cette perte de sens.

– Ça t'a plu ?

– Si ça m'a plu ? C'est si beau, Ntunzi, on croirait des étoiles liquides, si joliment diurnes !

– Tu vois, petit frère ? C'est celui-là l'autre côté.

Je plongeai à nouveau pour m'enivrer de cet émerveillement. Cette fois, cependant, je fus pris d'un vertige et perdis soudain la notion de moi-même, confondant le fond avec la surface. Je restai là à tourner comme un poisson aveugle sans savoir comment revenir à la surface. J'aurais fini par me noyer si Ntunzi ne m'avait pas traîné sur la rive. Déjà remis, j'avouai qu'un frisson m'avait frappé sous l'eau.

– Est-ce qu'il n'y a pas quelqu'un qui nous guette de l'autre côté ?

– Oui, on nous guette. Ce sont ceux qui viendront nous pêcher.

– Tu as dit "chercher" ?

– Pêcher.

Je tremblai. L'idée de poissonner, captifs des eaux, me conduisit à la terrible conclusion : les autres, ceux du côté du Soleil, étaient les vivants, les seules créatures humaines.

– Frérot, c'est vraiment vrai que nous sommes morts ?

– Seuls les vivants peuvent le savoir, frérot. Eux seuls.

L'accident dans la rivière ne m'inhiba pas. Au contraire, je ne cessais de revenir à la courbe du fleuve et me laissais enfoncer dans ses eaux dormantes. Et je restais des temps infinis, les yeux éblouis, à visiter l'autre côté du monde. Mon père ne l'a jamais su mais c'est là, plus que nulle part ailleurs, que j'ai perfectionné mon art d'accorder les silences.

Mon père, Silvestre Vitalício

> […]
> *Tu as vécu dans l'envers*
> *Continuel voyageur de l'inverse*
> *Délivré de toi-même*
> *Veuf de toi-même*
> […]
> Sophia de Mello Breyner Andresen

J'ai connu mon père avant moi-même. Je suis donc un peu lui. En l'absence de mère, la poitrine osseuse de Silvestre Vitalício fut mon unique giron, sa vieille chemise mon mouchoir, sa maigre épaule mon oreiller. Son ronflement monocorde fut mon unique berceuse.

Pendant des années, mon père fut une âme douce, ses bras faisaient le tour de la Terre et en eux résidaient les plus anciennes quiétudes. Bien qu'il fût la créature étrange et imprévisible, je voyais dans le vieux Silvestre l'unique connaisseur de vérités, le devin solitaire de présages.

Aujourd'hui, je sais : mon père avait perdu le nord. Il distinguait des choses que plus personne ne reconnaissait. Ces apparitions avaient surtout lieu lors des grandes rafales qui en septembre balaient les savanes. Pour Silvestre, le vent était une danse de fantômes. Les arbres ventés devenaient des gens, c'étaient des morts qui se lamentaient, désireux d'arracher leurs propres racines. Ainsi parlait Silvestre Vitalício, cloîtré dans sa chambre et barricadé derrière les fenêtres et les portes dans l'attente de l'accalmie.

– Le vent est rempli de maladies, le vent tout entier est un mal contagieux.

En ces jours de tempête, le vieux n'autorisait personne à sortir de sa chambre. Il me convoquait pour rester à ses côtés, et je tentais en vain d'engraisser des silences. Je ne réussis jamais à le tranquilliser. Dans la rumeur des frondaisons, Silvestre entendait des moteurs, des trains, des villes en mouvement. Le sifflement des rafales parmi les branches déchaînait tout ce qu'il voulait tant oublier.

– Mais papa, me risquais-je, pourquoi cette peur ?

– Je suis un arbre, s'expliquait-il.

Un arbre, oui, mais sans ses racines naturelles. Il s'arrimait à un sol étrange, dans ce pays mouvant qu'il s'était inventé pour lui-même. La peur des apparitions ne cessa d'empirer avec le temps. Elle s'étendit des arbres aux sentes nocturnes et au ventre de la Terre. À un certain moment, mon père demanda qu'on ferme l'ouverture du puits à l'heure du couchant. Des créatures effrayantes pourraient délibérément émerger de cette bouche béante. La vision de monstres naissant du sol me faisait frissonner.

– Papa, qu'est-ce qui peut sortir du puits ?

C'est que je méconnaissais certains de ces reptiles qui creusent les tombes des défunts et rapportent sous leurs ongles et leurs dents des restes de la Mort elle-même. Ces lézards gravissent les parois humides des puits, envahissent le sommeil et trempent les draps des adultes.

– C'est pour ça que tu ne peux pas dormir auprès de moi.

– Mais j'ai peur, papa. Je voudrais simplement que vous me laissiez m'endormir dans votre chambre.

Mon frère n'a jamais commenté ma prétention à coucher auprès de notre père. En pleine nuit, il me voyait avancer, furtif, dans le couloir et m'arrêter sur le seuil de la porte interdite de la chambre paternelle. Nombreuses furent les fois où Ntunzi vint me relever endormi, tombé tel un chiffon sur le sol froid.

– Retourne dans ton lit, papa ne doit pas te trouver là.

Je le suivais, trop engourdi pour lui être reconnaissant. Ntunzi me reconduisait dans mon lit et une fois, prenant ma main, il me dit :

– Tu crois que tu as peur ? Eh bien sache que papa a beaucoup plus peur.

– Papa ?

– Tu sais pourquoi papa ne veut pas de toi dans sa chambre ? Car il meurt de peur d'être surpris à parler pendant son sommeil.

– Parler de quoi ?

– De choses inavouables.

À nouveau, c'était Dordalma, notre mère absente, la cause de toutes les étrangetés. Au lieu de s'estomper dans l'autrefois, elle s'immisçait dans les fêlures du silence, dans les replis de la nuit. Il n'y avait pas moyen d'ensevelir ce fantôme. Sa mort mystérieuse, sans cause ni apparence, ne l'avait pas ravie du monde des vivants.

– Papa, maman est morte ?

– Quatre cents fois.

– Comment ?

– Je vous l'ai déjà dit quatre cents fois : votre mère est morte, complètement morte, comme si elle n'avait jamais été vivante.

– Et où est-elle enterrée ?

– Eh bien, elle est enterrée partout.

C'était peut-être ça : mon père avait vidé le monde pour le remplir de ses inventions. Au début, nous nous émerveillions encore des brusques oiseaux qui surgissaient de ces paroles et s'élevaient comme des fumées.

– Le monde : vous voulez savoir comment il est ?

Seuls nos yeux répondaient. Oui, nous attendions impatiemment de savoir, comme si le sol que nous foulions en dépendait.

– Eh bien le monde, mes enfants…

Et il faisait une pause, balançant sa tête comme si les idées lui pesaient tantôt d'un côté tantôt de l'autre. Puis il se levait, répétant d'une voix grave et caverneuse :

– Le monde, mes enfants...

Au commencement, cette rumination me faisait peur. Peut-être mon père ne savait-il finalement pas quoi répondre et c'était là une fragilité que je pouvais difficilement supporter. Silvestre Vitalício savait tout et ce savoir absolu était la maison qui me protégeait. C'était lui qui nommait les choses, lui qui baptisait les arbres et les serpents, lui qui prévoyait les vents et les crues. Mon père était l'unique Dieu qui nous incombait.

– D'accord, vous le méritez, je vais raconter ce qu'est le monde...

Il soupirait, je soupirais. Sa parole était finalement revenue et sa lumière me procurait à nouveau le fonds d'une certitude.

– Eh bien, le cas est simple, mes enfants : le monde est mort, il ne reste rien au-delà de Jésusalem.

– Il ne resterait pas une femme par là ? s'enquit mon frère une fois.

Le sourcil de Silvestre se souleva. Sachant que la question était provocatrice, Ntunzi tempéra : sans femmes, il ne nous restait plus de semence. Mon père leva les bras et s'en couvrit la tête dans une réaction quasi infantile. Ntunzi répéta la phrase, comme s'il faisait crisser un ongle sur du verre.

– Sans femmes, il n'y a plus de semence...

La sévérité de Silvestre confirma l'interdiction déjà ancienne, mais jamais énoncée : les femmes étaient un sujet défendu, plus interdit que la prière, plus peccamineux que les larmes ou le chant.

– Je ne veux pas de cette conversation. Les femmes n'ont rien à faire ici, je ne veux même pas entendre ce mot...

– Du calme, papa, je voulais seulement savoir...

– On ne parle pas de ce genre de choses à Jésusalem. Les femmes sont toutes... toutes des putes.

Jamais on ne lui avait entendu un tel mot. Mais ce fut comme s'il avait délié un nœud. Dès lors, le mot "pute" devint entre nous une autre manière de dire "femme". Et si, par inadvertance, Aproximado faisait allusion aux femmes, mon vieux se traînait dans la maison vociférant :

– Toutes des putes !

Ce décomportement était, pour Ntunzi, la preuve du délire grandissant de Silvestre Vitalício. Pour moi, mon père souffrait tout au plus d'une maladie passagère. Cette infirmité le conduisit à nous demander en plein hiver, au moment où les nuages devenaient stériles, de creuser le sol dur pour ouvrir des puits aveugles et secs.

À la fin de la journée, notre père inspectait les trous squelettiques, entailles au milieu des mottes de terre et de gravier. Pour s'assurer de l'efficacité du travail, il procédait au contrôle suivant : on faisait descendre Ntunzi, attaché par les pieds à une longue corde, dans la gorge pierreuse. Inquiets, nous le voyions avalé par les profondeurs, dans un ultime lien au monde des vivants. La corde tendue dans les mains de Silvestre était l'envers d'un cordon ombilical. Puis on hissait mon frère et on le relâchait à la surface pour ouvrir aussitôt un trou supplémentaire. Nous terminions la journée épuisés, couverts de sable, les cheveux hérissés de poussière. De temps en temps, je risquais encore :

– Pourquoi on creuse, notre père ?

– C'est seulement pour que Dieu voie. Seulement pour qu'il voie.

Dieu ne voyait pas, notre terre était trop loin. Le bouillon divin ne se déversait pas par ces trous dans la marmite frémissante du sol. Silvestre voulait enlaidir l'œuvre du Créateur, comme ce mari jaloux qui défigura sa femme pour que jamais plus personne ne jouisse de sa beauté. Pourtant, l'explication était bien différente : les puits étaient simplement des pièges.

– Des pièges ? Et pour quelles bêtes ?

– Ce sont d'autres bêtes, venues de loin. J'entends déjà ces canailles rôder dans les parages.

Quelle que fût sa méfiance, nous savions que l'explication en resterait là. Un sentiment vague de l'imminence de quelque chose d'inévitable s'empara du vieux Vitalício. Les ordres que nous recevions étaient de plus en plus discutables. Par exemple, moi, mon frère et Zacaria Kalash nous nous mîmes à balayer les sentiers sur les instructions de Silvestre. Le verbe "balayer" n'était juste que dans la langue de notre père. Car nous balayions à l'envers : au lieu de nettoyer les chemins, nous y répandions des poussières, des branches, des pierres, des graines. Que faisait-on, en réalité ? On tuait sur les sentiers naissants la velléité de croître et de devenir route, anéantissant ainsi l'embryon d'une quelconque destination.

– Pourquoi on efface la route, mon père ?

– Je n'ai jamais vu de route qui ne soit pas triste, répondit-il sans détacher ses yeux de l'osier avec lequel il tressait un panier.

Et comme mon frère n'en démordait pas, montrant que la réponse ne l'avait pas satisfait, mon père continua à argumenter. Nous n'avions qu'à voir ce qu'amenait la route.

– Oncle Aproximado et nos commandes.

Faisant mine de ne pas entendre, Silvestre poursuivit, impassible :

– Des attentes. Voilà ce que ramène la route. Et ce sont les attentes qui font vieillir.

Et nous fûmes à nouveau emprisonnés sous les nuages secs et les cieux vieillis. Malgré la solitude, nous ne pouvions pas nous plaindre d'être oisifs. Notre quotidien était réglé du lever au coucher du soleil.

Les cycles de la lumière et du jour étaient un sujet sérieux dans un monde où la notion de calendrier s'était perdue. Tous les matins, notre vieux inspectait nos yeux, examinant bien l'intérieur de nos pupilles. Il voulait vérifier si nous avions assisté au lever du Soleil. C'était le premier devoir des vivants : voir émerger l'astre créateur. Par les éclats de lumière qui perduraient dans nos yeux, Silvestre savait quand nous mentions et quand nous nous étions attardés trop longtemps sous les draps.

– Cette pupille est pleine de nuit.

À la fin de la journée, il y avait d'autres obligations également sacrées. Au moment de prendre congé, Silvestre s'informait :

– Tu as déjà embrassé la terre, mon enfant ?

– Oui, papa.

– Les deux bras ouverts sur le sol ?

– Comme vous me l'avez appris.

– Alors, va te coucher.

Généralement, il se retirait tôt, ne survivant pas au couchant. Nous l'accompagnions à sa chambre et nous nous mettions au garde-à-vous pendant qu'il prenait place dans son lit. Il secouait lentement la main et disait d'une voix pâteuse :

– Maintenant, vous pouvez y aller. J'ai déjà commencé à quitter mon corps.

L'instant suivant, il s'endormait. Alors, notre miracle domestique se produisait : les bougies s'allumaient toutes seules aux quatre coins de la maison. Plus tard, déjà couché, j'entendais le souffle pesant de Ntunzi, inaugurant le royaume des hiboux et des cauchemars. De temps en temps, je trouvais mon frère somnambule, clamant d'une voix qui n'était pas la sienne :

– Mateus Ventura, tu brûleras au fond des enfers !

Mon frère aîné se confrontait à l'autorité paternelle jusque dans son sommeil. Ce nom, Mateus Ventura, figurait parmi les indicibles secrets de Jésusalem. En réalité, Silvestre Vitalício avait déjà porté un autre nom. Il s'était jadis appelé Ventura. Quand nous déménageâmes à Jésusalem, mon père nous attribua d'autres noms. Rebaptisés, nous avions une autre naissance. Et nous étions davantage dispensés de passé.

Changer de noms ne fut pas une décision facile à mettre en œuvre. Silvestre organisa un rituel avec pompe et circonstance. Au coucher du Soleil, Zacaria se mit à jouer du tambour et à clamer, en hurlant, une incompréhensible litanie. Moi, mon oncle et mon frère nous nous concentrâmes sur la petite place. Debout et en silence, nous attendîmes le motif de la convocation. Silvestre Vitalício fit alors son entrée sur la place, enveloppé dans un drap. Portant un morceau de bois, il évolua avec un air de prophète jusqu'à arriver tout près du crucifix. Il enfonça la planche dans la terre et nous comprîmes alors que c'était un écriteau sur lequel il avait sculpté un nom en bas-relief. Ouvrant les bras, mon père proclama :

– Celui-ci est le dernier pays et il s'appellera Jésusalem.

Tout de suite après, il demanda à Zacaria de lui apporter un baquet avec de l'eau. Il aspergea la terre de quelques gouttes, mais le regretta sur-le-champ. Il ne voulait pas donner à boire aux défunts. Il ratissa le sable mouillé de son pied jusqu'à ce qu'il n'y eût plus de traces. Son erreur rectifiée, il annonça d'une voix grave :

– Passons maintenant à la cérémonie du débaptême.

Et nous fûmes convoqués un à un. Et ce fut ainsi : Orlando Macara (notre cher Oncle Madrinho) devint Oncle Aproximado. Mon frère aîné passa d'Olindo Ventura à Ntunzi. L'adjudant Ernestino Sobra fut renommé Zacaria Kalash. Et Mateus Ventura, mon tourmenté géniteur, se convertit en Silvestre Vitalício. Moi seul gardai le même nom : Mwanito.

– Celui-ci est encore en train de naître. – Mon père justifia ainsi le maintien de mon nom.

J'avais plusieurs nombrils, j'étais déjà né un nombre incalculable de fois, toutes à Jésusalem, révéla Silvestre à haute voix. Et mon ultime venue au monde aurait lieu à Jésusalem. L'Autre-Côté, le monde que nous avions fui, était si triste qu'il ne donnait guère envie de naître.

– Je n'ai encore jamais connu personne qui soit né par goût. Peut-être ce Zacaria…

Zacaria fut le seul à rire. Et le même Zacaria supérieurement désigné allait enregistrer officiellement nos nouveaux noms.

– Inscris les habitants dans le recensement, marque tout sur cet écriteau, ordonna mon père en lui remettant un vieux couteau de chasse.

Titubant, Zacaria s'accroupit de façon à maintenir la planche entre ses jambes. Il tarda à commencer l'enregistrement, son couteau sautillait de doigt en doigt, d'une main à l'autre :

– Excuse-moi, Vitalício. Écrire ou inscrire ?

– Écris ce que je vais dicter.

Zacaria Kalash sculpta soigneusement comme si chaque lettre était une blessure sur un corps vivant. Parfois, il suspendait son coutelas :

– Vitalício, avec un simple *v* ?

À ce moment-là, Oncle Aproximado interrompit la cérémonie et demanda à Silvestre, si le sujet était sérieux, qu'il se souvienne au moins des ancêtres pour nommer ses enfants. Il en avait toujours été ainsi, de génération en génération.

– Tranquillise nos aïeuls, donne leurs noms aux enfants. Protège ces petits.

– Puisqu'il n'y a pas de passé, il n'y a pas d'ancêtres.

Contrarié, Aproximado quitta la cérémonie. Ntunzi suivit notre oncle, me laissant sans savoir quoi faire. Restait le militaire assis à mes pieds, recherchant très haut dans le ciel une solution à ses hésitations orthographiques. Le cérémonieux Silvestre atténua la pression du drap autour de son cou et affirma :

– Nous sommes cinq, mais il n'y a que quatre démons. Toi – il me montra du doigt –, il te manque un diable. Aussi, il ne te manque aucun nom… mwana, Mwanito*, ça te suffit.

---

* Diminutif lusitanisé de *mwana* : garçon, enfant, fils, en chissena, langue du centre du Mozambique. *(NdA)*

Cette nuit-là, je m'endormis difficilement avec le clair de lune. Les récentes paroles de mon père sur ma naissance incomplète résonnaient en moi. Et il me vint à l'esprit que j'étais coupable de mon orphanité. Ma mère était morte non parce qu'elle avait cessé de vivre, mais parce que son corps s'était séparé du mien. Toute naissance est une exclusion, une mutilation. S'il ne tenait qu'à moi, je serais toujours une partie de son corps, le même sang nous baignerait. On parle de "parturiente". Eh bien, il serait plus juste de dire "partance". Et je voulais rectifier ce départ.

La guerre a volé nos souvenirs et nos espoirs. Mais, étrangement, c'est la guerre qui m'a appris à lire les mots. Je m'explique : j'ai déchiffré mes premières lettres sur les étiquettes collées sur les boîtes de matériel de guerre. La chambre de Zacaria Kalash, à l'arrière du campement, était un véritable arsenal. Le "ministère de la Guerre", comme l'appelait mon père. Avant notre arrivée à Jésusalem, on y entreposait déjà les armes et les munitions. Zacaria choisit cette pièce pour s'installer. Dans cette même paillote, le militaire me surprit à déchiffrer les étiquettes des conteneurs.

– Ça ne se lit pas, petit, tança l'ex-militaire.

– Ça ne se lit pas ? Mais on dirait des lettres…

– On dirait, mais non. C'est du russe, et le russe, même les Russes ne savent pas le lire…

D'un geste brusque, Zacaria déchira les étiquettes. Puis, il m'en remit d'autres qu'il retira d'un tiroir et qui, selon lui, étaient la traduction que le ministère de la Défense avait faite des originaux en russe.

– Ne lis que ces papiers qui sont en pur portugais.

– Apprends-moi à lire, Zaca.

– Si tu veux apprendre, apprends tout seul.

Apprendre tout seul ? Impossible. Mais plus impossible serait d'attendre que Zacaria m'enseigne quoi que ce soit.

Il connaissait les ordres de mon père. À Jésusalem, il n'entrait ni livre, ni cahier, ni rien qui s'apparente à l'écrit.

– Eh bien moi je t'apprendrai à lire.

Ce fut ce que Ntunzi me dit plus tard. Je refusai. C'était trop risqué. Mon frère m'avait déjà initié à voir l'autre côté du monde dans le fleuve. Je ne savais pas comment le vieux Silvestre réagirait s'il apprenait les transgressions de son aîné.

– Je t'apprendrai à lire, répéta-t-il ostensiblement.

C'est ainsi que débutèrent les premières leçons. Les uns apprennent grâce aux abécédaires, dans les salles de classe. Moi, je m'initiai en épelant des méthodes de guerre. Ma première école était un arsenal. Les cours se déroulaient dans la pénombre de l'entrepôt, au cours des longues périodes où Zacaria s'absentait, tirant des coups de feu dans la brousse.

J'assemblai bientôt des mots, tissant phrases et paragraphes. Je remarquai rapidement qu'au lieu de lire, j'avais tendance à entonner comme si j'étais devant des notes de musique. Je ne lisais pas, je chantais, redoublant de désobéissance.

– Tu n'as pas peur qu'on soit pris, Ntunzi ?

– C'est de l'ignorance que tu dois avoir peur. Après la lecture, je t'apprendrai à écrire.

Les leçons d'écriture clandestines ne tardèrent pas à commencer. Une petite brindille griffonnait sur le sable du potager et moi, fasciné, je sentais que le monde renaissait comme la savane après les pluies. Je comprenais peu à peu les interdictions de Silvestre : l'écrit était un pont entre des époques passées et à venir, époques qui n'avaient jamais existé en moi.

– C'est mon nom là ?

– Oui. C'est écrit M-w-a-n-i-t-o. Tu n'arrives pas à lire ?

Je ne l'ai jamais dit à Ntunzi, mais à l'époque, j'avais l'impression que je n'apprenais pas avec lui. Mon véritable professeur était Dordalma. Plus je déchiffrais les mots, plus ma mère prenait voix et corps dans mes rêves. Le fleuve me faisait voir l'autre côté du monde. L'écrit me restituait le visage perdu de ma mère.

Lors de la visite suivante d'Aproximado, Ntunzi lui vola le crayon qu'il utilisait pour noter nos commandes. Cérémonieux, faisant tourner le crayon sur le bout de ses doigts, mon frère me dit :

– Cache-le bien. C'est ton arme.

– Et j'écris où ? Par terre ? demandai-je, toujours dans un murmure.

Il y avait déjà pensé, répondit Ntunzi. Et il se retira. Il réapparut peu après avec un jeu de cartes.

– Ce sera ton cahier d'école. Si le vieux se pointe, on fera semblant de jouer.

– Écrire sur le jeu ?

– Tu vois un autre papier dans le coin ?

– Mais avec notre jeu de cartes ?

– Exactement pour ça : papa ne se doutera jamais. On triche déjà au jeu. Maintenant, on trichera à la vie.

Voilà comment j'ai inauguré mon premier journal. Comment les as et les valets, les dames et les rois, les ducs et les manilles se sont mis également à partager mes secrets. Mes minuscules gribouillis remplirent les cœurs, les trèfles, les carreaux et les piques. Dans ces cinquante-deux petits rectangles, je versai les plaintes, les espoirs et les confessions d'une enfance. Avec Ntunzi, j'ai toujours perdu au jeu. Au jeu de l'écrit, je me suis toujours perdu.

Tous les soirs, après mes écritures, j'emballais le jeu de cartes et je l'enterrais dans le potager. Je retournais dans la chambre et observais jalousement le visage endormi de Ntunzi. J'avais déjà appris à discerner les lumières liquides du fleuve, je savais déjà voyager par de petites lettres comme si chacune était une route infinie. Mais il me manquait encore de rêver et de me souvenir : je voulais ce bateau qui menait

Ntunzi dans les bras de notre défunte. Un jour, la colère accumulée déborda :

– Papa dit que ce n'est pas vrai, que tu ne rêves pas de maman.

Ntunzi me regarda avec pitié, comme si j'étais un infirme et qu'on avait mutilé mon organe du rêve.

– Tu veux rêver ? Tu vas devoir prier, petit frère.

– Prier ? Tu ne sais pas que papa…

– Oublie-le. Si tu veux rêver.

– Mais je n'ai jamais prié. Je ne sais même pas comment on fait…

– Donne-moi une des petites cartes, je vais écrire une prière que tu apprendras par cœur. Tu verras qu'après, tu te mettras à rêver.

Je déterrai le jeu et lui tendis l'as de carreau. Il y avait assez de place autour du losange rouge pour qu'il griffonne les mots sacrés.

– Pas celle-là, donne-moi plutôt une dame. C'est une prière à Notre Dame.

Je conservai cette carte comme le bien le plus précieux que je posséderais de toute ma vie. Lorsque je m'agenouillais près du lit, mon cœur balbutiait la petite prière. Jusqu'à ce qu'un jour, le militaire Zacaria me surprenne la litanie aux lèvres.

– Tu chantes, Mwanito ?

– Rien, Zaca. C'est du russe, je l'ai appris sur les étiquettes qui restaient.

Mon mensonge n'avait ni queue ni tête. Oui, Zacaria nous espionnait sur ordre de Silvestre. Nous fûmes convoqués sur-le-champ. Mon père avait déjà préparé l'accusation contre Ntunzi :

– C'est toi qui as appris à ton petit frère.

Prévoyant la violence, j'accourus au secours de mon frère :

– J'ai appris sans que Ntunzi le sache.

– Ici personne ne prie !

– Mais, papa quel mal y a-t-il ? questionna Ntunzi.

– Prier c'est appeler des visites.

– Mais quelles visites, puisqu'il n'y a plus personne au monde ?

– Il y a notre oncle… corrigeai-je, condescendant.

– Tais-toi, qui t'a demandé de parler ? cria mon frère.

Le vieux Silvestre sourit, ravi de l'attitude désespérée de son fils aîné. Il était dispensé d'intervenir, son fils était puni autrement. Ntunzi remarqua la satisfaction paternelle et respira profondément pour se contrôler. Sa voix avait déjà repris ses nuances lorsqu'il s'exprima à nouveau :

– Quelles visites peut-on avoir ? Expliquez-nous, papa.

– Il y a des visites dont on ne se rend même pas compte. Ce sont des anges et des démons qui viennent sans demander la permission…

– Des anges ou des démons ?

– Anges ou démons, la différence n'est pas en eux. Seulement en nous.

Le bras levé de Silvestre ne laissait pas l'ombre d'un doute : la conversation avait dépassé les bornes. C'était clair, il n'y aurait plus jamais de prière. C'était le point final, la solution unique et indiscutable.

– Et toi ! cria mon père dans ma direction. Je ne veux plus jamais t'entendre pleurer encore une fois.

– Quand est-ce que j'ai pleuré, papa ?

– Maintenant, tu pleurnichais.

Et déjà il se retirait, lorsque Ntunzi montra qu'il voulait avoir le dernier le mot. Et il demanda, affrontant les yeux écarquillés de Silvestre :

– Ni prier ni pleurer ?

– Pleurer ou prier c'est la même chose.

La nuit suivante, je fus réveillé par le rugissement des lions. Ils étaient proches, peut-être rôdaient-ils autour de l'étable. Dans l'obscurité de la chambre, je me serrai moi-même dans mes bras pour m'endormir. Ntunzi dormait à poings fermés et moi, incapable de dominer ma peur, j'allai me réfugier sous le lit de mon père. Dans cette intimité clandestine, enlacé au sol froid, je me berçai de ses ronflements. Cependant, je fus découvert peu après et il me chassa avec sévérité.

– Papa, s'il vous plaît, laissez-moi, rien qu'une fois, dormir auprès de vous.

– C'est au cimetière qu'on dort ensemble.

Je retournai dans mon lit, sans protection, entendant, maintenant plus proches, les rugissements des félins. À ce moment-là, trébuchant sans défense dans le noir, je haïs mon vieux pour la première fois. Lorsque je me nichai dans mon lit, la rage bouillonnait dans ma poitrine.

– On va le tuer ?

Appuyé sur un coude dans son lit, Ntunzi attendait ma réponse. Il attendit en vain. Ma voix s'était noyée dans ma gorge. Il insista :

– Le salaud a tué notre mère.

Je secouai la tête, en dénégation désespérée. Je ne voulais pas entendre. Et je soupirai afin que les rugissements des lions se fassent à nouveau entendre et recouvrent la voix de mon frère.

– Tu ne crois pas ?

– Non, murmurai-je.

– Tu ne me crois pas ?

– Peut-être.

– Peut-être ?

Ce "peut-être" fut de trop, comme un poids sur ma conscience. Comment était-il possible que j'admette l'éventualité que mon père soit un assassin ? Pendant longtemps, je tentai de me débarrasser de cette culpabilité. Et j'échafaudai des circonstances atténuantes : s'il s'était passé quelque chose, mon père avait dû agir contre son gré. Qui sait, c'était peut-être en illégitime défense ? Ou peut-être avait-il tué par amour et était-il lui-même à moitié mort en exécutant son crime ?

La vérité c'est que, sur le trône absolu de sa solitude, mon père dérogeait à la raison, fuyant le monde et les autres, mais incapable d'échapper à lui-même. C'était sans doute ce désespoir qui le faisait s'en remettre à une religion singulière, une interprétation personnelle du sacré. Généralement, la tâche de Dieu est de pardonner nos péchés. Pour Silvestre, l'existence de Dieu servait à Le rendre coupable des péchés humains. Dans cette foi à rebours, il n'y avait ni prières, ni rituels : une simple croix à l'entrée du campement guidait la venue de Dieu chez nous. Et la plaque de bienvenue, surplombant le crucifix : "Soyez le bienvenu, illustre visiteur !"

– C'est pour que Dieu sache qu'on lui a déjà pardonné.

L'espoir de l'apparition divine suscitait chez mon frère un sourire dédaigneux :

– Dieu ? C'est tellement loin ici que Dieu s'est perdu en route.

Le lendemain matin, en route vers le fleuve, nous fûmes découverts non par des créatures célestes, mais par mon père soufflant des fureurs. Il était accompagné de Zacaria Kalash, qui resta à l'écart tandis que la violence s'apprêtait à prendre possession de mon père.

– Je sais ce que vous faites dans le fleuve. Tous les deux, tout nus...

– On ne fait rien, papa. – J'accourus, trouvant l'insinuation étrange.

– Ne t'en mêle pas, Mwanito. Rentre à la maison avec Zaca.

Par-dessus mes cris, j'entendis les coups que Silvestre donnait à son propre fils. Kalash voulut faire demi-tour. Il finit, néanmoins, par me pousser dans la chambre noire. Cette nuit-là, Ntunzi dormit attaché à l'étable. Au lever du jour, il était malade, tremblant de fièvre. Ntunzinho* côtoyait déjà sa propre fin lorsque Zacaria, traversant la brume, le porta dans ses bras jusqu'à sa chambre. La lumière était encore ténue et moi j'entendais les pas affolés de Silvestre, de Zacaria et d'Oncle Aproximado aller et venir dans la chambre. Plus tard au petit matin, je ne pus continuer à faire semblant de dormir. Ntunzi, mon seul frère, mon unique voisin d'enfance, s'éloignait vers les confins. Quittant ma chambre muni d'un gros bâton, je me mis à écrire sur le sable dans la cour autour de la maison. Et j'écrivis, j'écrivis frénétiquement comme si je voulais remplir le paysage entier de mes gribouillis. Le sol tout autour se convertissait en une page dans laquelle je semais l'attente d'un miracle. C'était une supplique afin que Dieu hâte sa venue à Jésusalem et sauve mon pauvre frère. Épuisé, je m'endormis allongé sur mes propres gribouillis.

Il faisait déjà grand jour, Zacaria Kalash m'extirpa du sommeil, me tirant par le coude :

– Ton frère brûle. Aide-moi à l'emmener au fleuve.

– Excuse-moi, Zacaria, ce n'est pas mieux que ce soit mon père qui le fasse ?

– Ne dis rien, Mwanito, je sais ce que je fais.

Le fleuve était son dernier recours. Le militaire et moi transportâmes Ntunzi dans une brouette, ses jambes ballantes semblaient déjà mortes. Zacaria plongea le corps inerte de mon pauvre frère dans les eaux, l'immergeant et le ressortant sept fois du courant. Cependant Ntunzi n'alla pas mieux, les fièvres n'ayant de cesse de consumer son corps affaibli.

Devant l'issue prévisible, Oncle Aproximado voulut emmener l'enfant à l'hôpital en ville.

– Je t'en prie, Silvestre, mon frère. Retourne en ville.

– Quelle ville ? Il n'y a aucune ville.

---

* Les diminutifs sont d'un usage très courant en portugais, le suffixe *-inho* (prononcer *-igno*) ajouté au nom exprime la petitesse teintée d'affection et de tendresse. *(NdT)*

– Arrête avec ça. Cette folie ne peut plus durer.
– Il n'y a rien à arrêter.
– Tu connais déjà la douleur du veuvage. Mais tu ne supporterais pas la mort d'un enfant.
– Laisse-moi seul.
– S'il meurt, tu ne seras plus jamais seul. Ce sera ta deuxième mauvaise compagnie...

Silvestre se contint difficilement. Son beau-frère était allé trop loin. Mon père serra les accoudoirs de sa chaise avec tant de haine qu'on aurait dit que c'était bien plutôt le bois qui l'y retenait prisonnier. Peu à peu, il inspira profondément, en un long soupir :

– Eh bien je te le demande, mon cher Orlando, alias mon cher beau-frère : tu t'es lavé ces derniers temps à l'entrée de Jésusalem ?
– Je ne réponds même pas.
– Cette maladie de Ntunzi, c'est toi qui l'as apportée.

Il attrapa notre oncle par le col et le fit sonnailler dans ses vêtements. Notre parent savait-il pourquoi notre famille avait jusqu'alors échappé aux bêtes sauvages, aux serpents, aux maladies et aux accidents ? La raison était simple : à Jésusalem, il n'y avait pas de morts, aucun risque de rencontrer une tombe, des pleurs de veuf, ou une lamentation d'orphelin. Ici aucun regret de rien. À Jésusalem, la Vie n'avait pas besoin de demander pardon à quiconque. Et lui non plus, à ce moment-là, ne se sentait tenu à davantage d'explications.

– Et tu peux retourner à la pourriture de la ville. Va-t'en d'ici.

Aproximado dormit avec nous cette nuit-là. Avant qu'il ne s'endorme, je m'approchai de son lit, décidé à faire une confession :

– Mon oncle, je crois que c'est de ma faute.

– Pourquoi ta faute ?

– C'est moi qui ai rendu Ntunzinho malade.

Telle était ma faute : j'avais fait chœur avec son désir de tuer notre vieux. La main ronde d'Aproximado se posa sur ma tête et il sourit avec bonté :

– Je vais te raconter une histoire.

Et il parla d'un père incertain qui ne savait pas mesurer son amour pour son fils. Un jour, il y eut un incendie dans la masure où ils vivaient. L'homme prit l'enfant dans ses bras et marcha dans la nuit pour s'éloigner de la tragédie. Il dépassa sûrement la limite de ce monde, car lorsqu'il se décida enfin à le poser à terre, il découvrit que la terre n'existait plus. Il restait un vide parmi les vides, des nuages percés parmi les cieux évanescents. L'homme conclut pour lui-même : "Désormais, mon fils aura pour sol mes seuls bras."

Cet enfant ne s'aperçut jamais que l'immense territoire dans lequel il vécut ensuite, grandit et eut des enfants n'était que le giron de son vieux géniteur. De nombreuses années plus tard, en ouvrant la sépulture de son père, il appela son fils et lui dit : "Tu vois la terre, mon fils ? On dirait du sable, des pierres et des mottes. Mais ce sont des bras et des étreintes."

Je caressai la main de mon oncle, retournai dans mon lit et ne fermai pas l'œil de la nuit. Je surveillais la respiration pénible de Ntunzi. Et remarquai qu'il revenait à la vie. Soudain, ses mains fouillèrent l'obscurité à la recherche de quelque chose. Et il lâcha ce gémissement qu'il fallait deviner :

– De l'eau !

J'accourus, réprimant mon émotion. Aproximado se réveilla et alluma une lampe. Le foyer de lumière se détourna aussitôt de nous et flotta dans le couloir. L'instant suivant, les trois adultes entrèrent dans la chambre et se précipitèrent au chevet de Ntunzi. La main tremblante de Silvestre chercha le visage de son fils et il vit qu'il n'était plus fébrile.

– Le fleuve l'a sauvé, s'exclama Zacaria.

Le militaire s'agenouilla auprès du lit et prit la main de Ntunzi. Les deux autres adultes, Aproximado et Silvestre, restèrent debout, s'affrontant en silence. Tout à coup ils tombèrent dans les bras l'un de l'autre. La lampe tomba, on ne voyait que leurs jambes, des pas nerveux d'avant en arrière. On aurait dit une danse désaccordée entre deux aveugles. Pour la première fois, Silvestre appela son beau-frère, frère :

– Excuse-moi, mon frère.

– Si mon neveu que voici mourait, tu n'aurais plus aucun endroit pour vivre…

– Tu sais bien combien je prends soin de ces enfants. Mes fils sont ma dernière vie.

– Ce n'est pas comme ça que tu les aides.

Ce n'est pas en lui tenant les ailes qu'on aide un oiseau à voler. L'oiseau vole simplement parce qu'on l'a laissé être oiseau. Ainsi parla Oncle Aproximado. Il partit après, englouti par l'obscurité.

Mon frère, Ntunzi

Ne me cherche pas là
où les vivants rendent visite
aux morts, ainsi qu'on les appelle.
Cherche-moi au fond des mers.
Dans les places,
dans un feu cœur,
parmi les chevaux, les chiens,
dans les rizières, le ruisseau,
ou auprès des oiseaux
ou réfléchie dans quelqu'un d'autre,
à remonter un dur chemin.

Pierre, semence, sel
Foulées de la vie. Cherche-moi là.
Vivante.

Hilda Hilst

Mon frère Ntunzi vivait avec pour seul rêve : fuir Jésusalem. Il avait connu le monde, vécu en ville, il se souvenait de notre mère. Je lui enviais tout cela. Je lui demandais sans arrêt des nouvelles de cet univers inconnu de moi et il s'attardait toujours sur des détails, des couleurs et des illuminations. Ses yeux brillaient, redoublés de rêves. Ntunzi était mon cinéma.

Aussi incroyable que cela puisse paraître, c'était notre père qui l'avait encouragé dans l'art de raconter des histoires. Silvestre pensait qu'une bonne histoire était une arme plus puissante qu'un fusil ou un couteau. Mais ça, c'était avant notre arrivée à Jésusalem. À cette époque-là, quand il se plaignait des bagarres à l'école, Silvestre encourageait Ntunzi : "Si on te menace de coups, réponds par une histoire."

– Papa disait ça ? demandai-je, surpris.

– Oui.

– Et ça a marché ? demandai-je.

– Qu'est-ce que j'ai pris !

Il sourit. Mais son rire était triste car en vérité quelle histoire pourrait-on inventer à présent ? Quelle histoire pourrait-on créer sans larme, sans chant, sans livre et sans prière ? Mon frère grisonnait, vieillissant à vue d'œil. Un jour, il se lamenta étrangement :

– Dans ce monde, il y a les vivants et les morts. Et nous, ceux pour qui le voyage n'est pas possible.

Parce qu'il se souvenait, Ntunzi souffrait, il pouvait comparer. Cette réclusion était moins pénible pour moi : je n'avais jamais goûté à d'autres vies.

Je l'interrogeais parfois sur notre mère. C'était là son heure. Ntunzi s'embrasait comme un feu de bois sec. Et sa mise en scène était complète : il mimait les attitudes et la voix de Dordalma, ajoutant toujours une touche de nouvelles révélations.

Les fois où, par distraction, j'oubliais de lui réclamer ces visitations, il réagissait aussitôt :

– Alors, tu ne me demandes pas de parler de maman ?

Et, une fois de plus, il rallumait des souvenirs. À la fin de la représentation, Ntunzi était abattu comme cela arrive aux ivrognes après un accès d'euphorie. Connaissant cette triste issue, j'interrompais sa pièce pour lui demander :

– Et les autres, mon frère ? Comment sont les autres femmes ?

Ses yeux brillaient alors d'un éclat neuf. Et il tournait sur lui-même, comme s'il regagnait les coulisses d'une scène imaginaire pour revenir sur les planches singer les mimiques des femmes. Il gonflait sa chemise pour simuler le volume des seins, roulait des fesses et virevoltait dans la chambre comme une poule folle. Et nous tombions sur le lit, morts de rire.

Un jour, Ntunzi m'avoua une ancienne passion, davantage délirée que vécue. Il ne pouvait d'ailleurs en être autrement : il avait quitté la ville âgé d'à peine onze ans. Ntunzi rêvait les femmes avec une telle ardeur qu'elles devenaient plus réelles que celles en chair et en os. Une fois, dans cette réalité hallucinée, il rencontra une femme aux mille beautés.

À l'instant où l'apparition toucha son bras et qu'il la fixa, un froid le cingla : la fille n'avait pas d'yeux. À la place des orbites, on apercevait deux vides, deux puits sans parois ni fond.

– Qu'est-ce qui est arrivé à tes yeux ? – Ses paroles chevrotaient.

– Qu'est-ce qu'ils ont mes yeux ?

– Bah, je ne les vois pas.

Elle sourit, étonnée de son embarras. Il devait être nerveux, incapable d'accorder sa vue.

– On ne voit jamais les yeux de la personne qu'on aime.

– Je comprends, affirma Ntunzi, reculant avec mille précautions.

– Tu as peur de moi, cher Ntunzi ?

Un pas de plus en arrière et Ntunzi bascula dans l'abîme et aujourd'hui encore il tombe, tombe, tombe. Pour mon frère, l'enseignement était clair. Celui qui se laisse envahir par la passion est voué à l'aveuglement. On ne voit plus celui qu'on aime. À la place, l'amoureux fixe son propre abîme.

– Les femmes sont comme des îles : toujours lointaines mais éclipsant toute la mer alentour.

Pour moi, tout ça était une montagne de brumes ne faisant qu'épaissir le mystère de la Femme. Des après-midi entiers, j'examinais les dames dessinées sur les cartes, me disant que si ces reproductions étaient fidèles, les délires de Ntunzi n'avaient aucun fondement. Elles étaient aussi viriles et aussi sèches que Zacaria Kalash.

– Parfois, les femmes saignent, dit un jour mon frère.

Je trouvai cela étrange. Elles saignent ? Nous saignons tous ; pourquoi Ntunzi invoquait-il cette particularité ?

– La femme n'a pas besoin de blessure, elle est née avec une déchirure en elle.

Quand je lui posai la question, Silvestre Vitalício répondit : c'est Dieu qui a blessé la femme. Et il ajouta : elle a été frappée quand Dieu a choisi d'être homme.

– Maman saignait aussi ?

– Non, ta mère non.

– Pas même à sa mort ?

– Non.

Cette nuit-là, la vision d'une rivière de sang jaillissant du corps de Silvestre assaillit mon rêve. Il pleuvait du sang et le fleuve s'empourprait, mon père se noyait dans cette inondation.

Et je m'enfonçais dans les eaux pour sauver son corps. Ce corps tenait dans mes bras, affaibli et fragile comme celui d'un nouveau-né. La voix confuse de Silvestre résonnait en moi :

– Je suis un mâle, mais je saigne comme les femmes.

Un jour, mon père entra dans notre chambre et surprit mon frère à faire du théâtre, dans une imitation animée de ce qu'il appela une "femme froufrouteuse". Les yeux de Silvestre rougirent, injectés de haine :

– Tu imites qui ? Hein, qui ?

Et il le frappa avec une telle violence que mon frère s'évanouit. Je m'interposai entre eux deux, offrant mon corps pour apaiser la fureur paternelle, je criai :

– Papa, ne faites pas ça, mon frère a déjà failli mourir si souvent…

Et c'était vrai : après s'être consumé de fièvre, mon frère se mit à souffrir d'attaques. D'abord Ntunzi s'arrondissait, les yeux ivres, les jambes flageolant comme une danseuse aveugle. Puis il s'écroulait brusquement par terre. Dans ces moments-là, je courais chercher de l'aide et Silvestre Vitalício arrivait lentement, répétant je ne sais quelle sentence ou quel diagnostic :

– Brûlure de l'âme !

Notre vieux père avait son explication des malaises : une âme excessive. Une maladie qui s'attrape en ville, concluait-il. Et il grommelait, le doigt accusateur :

– Ton frère a attrapé cette cochonnerie là-bas. Dans cette maudite ville.

Le remède était simple et efficace. À chaque fois que Ntunzi souffrait de convulsions, mon père posait ses deux genoux sur sa poitrine et appliquait sur sa gorge une pression croissante en utilisant ses doigts comme des lames de couteau. On aurait dit qu'il allait l'étouffer, mais soudain mon frère se vidait tel un ballon crevé, l'air s'échappait de ses lèvres qui émettaient un bruit semblable au braiment de l'ânesse Jezibela. Une fois Ntunzi vidé, mon père se penchait jusqu'à frôler son visage, et chuchotait, solennel :

– Celui-ci est le souffle de la Vie.

Aspirant une généreuse bouffée d'air, il soufflait fort sur la bouche de Ntunzi. Et, lorsque son fils se débattait, il concluait, triomphant :

– C'est moi qui vous ai pondu.

On ne devait jamais l'oublier, répétait-il. Sa respiration était haletante, son regard provocant, tandis qu'il réaffirmait :

Votre mère vous a peut-être arrachés à l'obscurité. Mais je vous ai pondu beaucoup plus souvent qu'elle.

Il quittait triomphalement notre chambre. Peu après, Ntunzi recouvrait sa lucidité et passait longuement ses mains sur ses jambes comme pour s'assurer qu'elles étaient intactes. Et il restait ainsi, le dos tourné, à reprendre vie. Une fois, je vis son dos secoué de tristesse. Ntunzi pleurait.

– Qu'est-ce qu'il y a, frérot ?

– Tout est faux.

– Quoi faux ?

– Je ne me souviens pas.

– Tu ne te souviens pas ?

– Je ne me souviens pas de maman. Je n'arrive pas à m'en souvenir…

Chacune de ses incarnations dans ses pièces si vivantes n'avaient été qu'une pure illusion. Les morts ne meurent pas lorsqu'ils cessent de vivre, mais quand nous les vouons à l'oubli. Dordalma avait définitivement disparu et pour Ntunzi, l'époque où il avait été enfant, fils d'un monde qui naissait avec lui, s'était éteinte pour toujours.

– Maintenant, petit frère, c'est maintenant qu'on est orphelins.

Ntunzi se sentit peut-être orphelin à partir de cette nuit-là. Pour moi, cependant, le sentiment était plus supportable : je n'avais jamais eu de mère. J'étais uniquement le fils de Silvestre Vitalício. Aussi, je ne pouvais pas céder aux invitations que mon frère m'adressait quotidiennement : haïr notre père. Et désirer sa mort autant qu'il la désirait.

De maladie ou de désespoir, le comportement de Ntunzi changea. Sans la fausse denrée des souvenirs, il s'aigrit, rempli de fiel. Un rituel se mit à occuper ses nuits : il empaquetait scrupuleusement ses maigres biens dans une vieille valise qu'il cachait ensuite derrière l'armoire :

– Ne laisse jamais papa voir ça.

Tôt le matin, la même valise sur ses pieds, Ntunzi restait à contempler longuement une très très vieille carte qu'Oncle Aproximado lui avait offert en secret. Son index parcourait encore et encore le papier imprimé, tel un canot ivre voguant sur des fleuves imaginaires. Puis, avec mille précautions, il pliait la carte et la rangeait au fond de sa valise.

À une occasion, pendant qu'il fermait les cadenas, j'osai :

– Mon frère ?

– Ne dis rien.

– Tu veux de l'aide ?

– De l'aide pour quoi ?

– Eh bien, pour ranger ta valise…

Juchés sur la chaise, nous poussâmes la valise au-dessus de l'armoire tandis que Ntunzi murmurait :

– Salaud, vieil assassin !

Quelques nuits après, Ntunzi s'endormit bercé par la lecture de sa carte. Le guide de voyage interdit glissa et se logea à côté de son oreiller. Ce fut là que mon père le trouva le lendemain matin. La fureur de Silvestre nous fit sauter du lit :

– D'où vient cette cochonnerie ?

Silvestre n'attendit pas la réponse. Il déchira la vieille carte et redéchira encore les morceaux, il continua jusqu'à sembler dilacérer ses propres doigts. Par terre tombaient peu à peu des villes, des montagnes, des lacs et des routes de papier. Le planisphère s'effondrait sur le plancher de ma chambre.

Ntunzi resta bouche bée, planté là, comme si on avait dépecé son âme elle-même. Il inspira profondément et grommela des mots incompréhensibles. Mon père, toutefois, était déjà sorti en criant :

– Personne ne touche à rien ! C'est Zacaria qui va nettoyer cette merde.

Peu après, le militaire fit irruption dans la chambre un balai à la main. Mais il ne balaya pas. Il ramassa un à un les petits morceaux de papier et les lança en l'air comme on fait avec les cauris de divination. Les confettis papillonnèrent et s'éparpillèrent sur le sol en dessins capricieux. Zacaria lut ces dessins et, passé un temps, il m'appela :

– Viens, Mwanito, viens voir…

Le militaire était assis au milieu d'une constellation de petits papiers colorés. Je m'approchai, tandis qu'il montrait, le doigt tremblant :

– Regarde celle-là ici, c'est notre visite.

– Je ne vois rien. Quelle visite ?
– Celle qui doit arriver.
– Je ne comprends pas, Zaca.
– Notre paix va s'achever, ici à Jésusalem.

Le lendemain matin, Ntunzi se réveilla déterminé : il allait s'enfuir, quand bien même plus aucun autre endroit n'existât. La dernière agression de notre père l'avait poussé à cette décision.

– Je vais partir. M'enfuir d'ici pour toujours.

Sa valise à la main soulignait combien son dessein était irrévocable. Je courus prendre ses mains et implorai :

– Emmène-moi avec toi, Ntunzi.
– Toi, tu restes.

Et il s'éloigna d'un pas alerte sur le chemin. Derrière lui, je pleurais, inconsolable, répétant entre baves et hoquets :

– Je vais avec toi.
– Toi tu restes, je viendrai te chercher après.
– Ne me laisse pas tout seul, je t'en prie, mon frère.
– C'est dit.

Nous marchâmes des heures, ignorant les dangers. Quand nous arrivâmes enfin au portail mon cœur sur-sauta. Je tremblai, épouvanté. On ne s'était jamais aventurés aussi loin. C'était là que se trouvait la cabane dans laquelle vivait Oncle Aproximado. Nous entrâmes : elle était vide. D'après ce qu'on pouvait voir, plus personne ne vivait là depuis longtemps. Je voulus encore fouiller l'enceinte, mais Ntunzi était pressé. La liberté était là, à quelques mètres, et il courut ouvrir les battants en bois.

Quand le portail s'ouvrit en grand, nous vîmes que la route tant annoncée ne dépassait pas un maigre sentier, presque indiscernable, envahi par l'herbe et les termitières. Pour Ntunzi néanmoins, le petit chemin surgissait comme une avenue traversant le centre de l'univers. Cette mince ligne étroite alimentait l'illusion de l'existence d'un autre côté.

– Enfin ! soupira Ntunzi.

De la paume de la main, il toucha la terre de la même manière qu'il avait caressé les femmes dans le petit théâtre de son invention. À genoux, je le suppliai à nouveau :

– Mon frère, ne me laisse pas tout seul.

– Tu ne comprends pas, Mwanito. C'est là où je vais qu'il n'y a personne. C'est moi qui serai tout seul... Tu ne crois pas en ton père chéri ?

Son ton était sarcastique : mon frère se vengeait que je sois le fils préféré. D'un coup, il me repoussa et referma les battants sur lui-même. Je restai à regarder entre les planches, les yeux pleins d'eau. Je n'assistais pas seulement au départ de mon unique compagnon d'enfance. C'était une partie de moi qui s'en allait. Pour lui, c'était la fête de tous les commencements. Pour moi, une dénaissance.

Et je vis comment Ntunzi levait les bras en un V de victoire, savourant son heure d'oiseau inaugurant le ciel. Il se balança un temps d'avant en arrière, prenant sa décision, comme qui s'équilibre au bord d'un précipice. Sur la pointe des pieds, il improvisait des pas de danse, comme s'il attendait de lui-même davantage un plongeon qu'un pas. Je me demandai : pour quelle raison tardait-il tant à partir ? Et, alors, je doutai : voulait-il éterniser l'instant ? Ou profitait-il du bonheur qu'il existât une porte qu'il puisse fermer derrière lui ?

Mais voici ce qui arriva : au lieu du pas en avant ardemment désiré, mon frère ploya comme atteint par un coup invisible qui lui aurait brisé les genoux. Il retomba sur ses propres mains et resta là dans une posture de bête. Il rampait en cercles, reniflant parmi les poussières.

Illico, je sautai la clôture pour le secourir. Et il me fit pitié : arrimé au sol, Ntunzi se résumait à deux larmes.

– Salaud ! Grand fils de pute !

– Alors, mon frère ! ? Lève-toi, allez.

– Je n'y arrive pas. Je n'y arrive pas.

J'essayai de le relever. C'était une masse de pierre. Nous marchâmes encore ainsi, épaule contre épaule, nous traînant comme si nous avançions dans un fleuve à contre-courant.

– Je vais appeler de l'aide !

– Quelle aide ?

– Je vais chercher notre oncle.

– T'es fou ? Va à la maison et rapporte la brouette. J'attends.

La peur dilate les distances. Sous mes pieds les lieues semblaient se démultiplier. J'allai au campement et revins avec la brouette. C'était la civière où mon frère serait transporté pour retourner à la maison. Dépassant de la brouette, sur tout le trajet, ses jambes se balançaient creuses et stériles comme celles d'une araignée morte. Vaincu, Ntunzi, gémissait :

– Je sais ce que c'est… C'est un sort…

C'était un sort, oui. Mais ce n'était pas mon père qui l'avait jeté. C'était le pire des mauvais œils : celui que nous nous jetons nous-mêmes.

Mon frère tomba à nouveau malade après sa fugue avortée. Il se cloîtra dans sa chambre, se coucha en chien de fusil, son corps entièrement recouvert d'une couverture. Il resta ainsi des jours, la tête cachée sous la couverture. On savait qu'il était en vie car on le voyait trembler, comme s'il était pris de convulsions.

Peu à peu il perdit du poids, les os perçant sa peau. Une fois de plus, mon père s'inquiéta :

– Alors, mon enfant, qu'est-ce qui se passe ?

Ntunzi répondit d'une façon pacifiée, si douce que j'en fus moi-même étonné :

– Je suis fatigué, papa.

– Fatigué de quoi ? Puisque tu ne fais rien du matin au soir.

– Ne pas vivre est ce qui fatigue le plus.

Petit à petit, cela devenait clair : Ntunzi entrait en grève d'exister. Sa renonciation totale était plus grave que n'importe quelle maladie. Cet après-midi-là, mon père s'attarda au chevet de son premier fils. Il dégagea la couverture et inspecta le reste de son corps. Ntunzi transpirait tellement que le drap gouttait, trempé.

– Mon fils ?

– Oui, papa.

– Tu te souviens que je te disais d'inventer des histoires ? Eh bien, inventes-en une maintenant.

– Je n'ai pas la force.

– Essaye.

– Pire que de ne pas savoir raconter d'histoires, papa, c'est de n'avoir personne à qui les raconter.

– J'écoute ton histoire.

– Par le passé, vous avez été un bon conteur d'histoires. Maintenant, c'est une histoire mal contée.

Je ne bronchai pas. La voix de Ntunzi, malgré sa douceur, était ferme. Et elle avait surtout la tranquillité de la fin des choses. Mon père ne réagit pas. Tête baissée, il sombra comme s'il avait lui aussi abdiqué. L'un de nous serait mourant et ce serait sa faute. Le vieux Silvestre se leva et arpenta la chambre, tournant en rond jusqu'à ce que le murmure de Ntunzi se fasse à nouveau deviner :

– Mwana, mon frère, rends-moi un service... Va au mur de derrière et trace une petite étoile de plus.

Je me mis en route, sentant les pas de mon père derrière moi. Je me dirigeai vers les ruines d'un ancien réfectoire et ne m'arrêtai que lorsque je vis devant moi un énorme mur qui avait été incendié et qui conservait sa couleur noire et roussie. Sur ce gros mur, je dessinai une étoile avec une petite pierre. J'entendis la voix de mon père derrière moi :

– Bon sang, qu'est-ce que c'est que ça ?

Le mur noir était peuplé de milliers de petites étoiles que Ntunzi griffonnait quotidiennement, comme un prisonnier sur le mur de sa prison.

– Ça, c'est le ciel de Ntunzi, chaque étoile est un jour.

Je ne peux pas en avoir la certitude, mais il me sembla voir les yeux de mon père envahis d'une eau inattendue. Une digue se rompait à l'intérieur de lui, d'anciens pleurs qu'il avait su contenir durant des années giclaient ? Je ne pourrai jamais en être sûr. Car, l'instant d'après, il s'empara d'une pelle et se mit à gratter le mur. La lame de métal faisait sauter la surface noircie où Ntunzi avait inscrit le passage du temps. Silvestre Vitalício s'appesantit sur cette tâche destructrice. Quand il eut terminé, il était recouvert de plaques de peinture noire : épuisé, il reprit son chemin tel un reptile aux écailles noires.

L'Oncle Aproximado

Quelqu'un dit :
"Ici, naguère, il y eut des rosiers" –
Alors les heures
S'éloignent étrangères,
Comme si le temps n'était fait que de retards.
Sophia de Mello Breyner Andresen

En nous conduisant au campement il y a huit ans, l'ex-Orlando Macara ne croyait pas que son beau-frère, le futur Silvestre, resterait fidèle à son vœu d'émigrer pour toujours de sa propre vie. Il ne se doutait pas non plus que son nom deviendrait Oncle Aproximado. Il préférait sans doute celui dont ses neveux l'affublaient auparavant : Oncle Madrinho. Rien de tout ça ne traversa la tête de notre parent le jour où il nous emmena jusqu'à la concession de chasse. C'était en fin d'après-midi, Aproximado descendit de la voiture et, montrant l'étendue de brousse, il dit :

– C'est votre nouvelle maison.

– Quelle maison ? demanda mon frère, tandis qu'il balayait du regard le paysage sauvage.

Mon père toujours assis dans le véhicule rectifia :

– Maison, non. C'est notre pays.

Au début, mon oncle habita même avec nous. Son séjour dura quelques semaines. Ancien garde-chasse, Aproximado avait perdu son emploi à cause de la guerre. Maintenant que même le monde n'existait plus, il pouvait perdre son temps où bon lui semblerait. Aussi, durant la période où il resta avec nous, il mit la main à la pâte pour construire et retaper les maisons, il répara les portes, les fenêtres et les toits, déplaça des plaques de zinc et déboisa autour du campement. La savane aime beaucoup avaler les maisons, déshumaniser les châteaux. La gueule de la terre avait déjà dévoré une partie des habitations et des fissures profondes s'ouvraient sur les murs comme des cicatrices. On tua par dizaines les serpents à l'intérieur et aux alentours des maisons en ruine. Le seul bâtiment à ne pas être réhabilité fut la maison de l'administration qui occupait le centre du campement. Cette résidence – que nous appelâmes "grande maison" – était maudite. On raconte que le dernier Portugais à diriger la concession y avait été assassiné. Il était mort à l'intérieur du bâtiment et ses ossements gisaient sûrement toujours parmi les meubles à moitié détruits.

Au cours de ces premières semaines, mon vieux se trouvait dans un état apathique, étranger à l'intense agitation autour de lui. Sa seule activité : édifier l'énorme crucifix sur la petite place devant la grande maison.

– C'est pour que personne d'autre n'entre.

– Mais ce n'est pas vous qui dites qu'on est les derniers ?

– Je ne parle pas des vivants, précisa-t-il.

Dès qu'il eut placé l'écriteau sur la croix, notre vieux nous convoqua tous et sacerdota la cérémonie de notre rebaptême. Orlando Macara cessa alors tout à coup d'être notre Oncle Madrinho*. Son nouveau nom attestait qu'il n'était pas le frère de sang de Dordalma. C'était, comme disait Silvestre, un beau-frère au second degré. Né adopté, il conserverait toute sa vie son statut de créature étrange et étrangère. Aproximado** pouvait parler à ses parents, mais il ne dialoguerait jamais avec les ancêtres de la famille.

---

* *Madrinha* (ici au masculin) : marraine. Oncle Madrinho = Oncle Marraine. *(NdT)*

** *Aproximado* : approché. Oncle Aproximado = Oncle Rapproché. *(NdT)*

Ces premières semaines s'achevèrent, notre bon oncle s'en alla vivre loin, inventant qu'il s'était installé dans la maison du garde, à l'entrée de la réserve. J'ai toujours soupçonné que cette demeure n'était pas vraie. La fuite malheureuse de Ntunzi l'avait prouvé : la cachette d'Aproximado était plus loin, en pleine ville morte. Je l'imaginais charognant parmi les ruines et les cendres.

– Pas du tout, contredisait Ntunzi, l'oncle vit vraiment dans la cabane de l'entrée. Il est là, sur ordre de papa, pour surveiller l'entrée.

C'était sa mission : préserver l'isolement de son beau-frère coupable de l'assassinat de notre mère. Qui sait si Aproximado, ses armes braquées au-dehors, n'avait pas déjà tué des policiers qui tentaient de retrouver Silvestre. Voilà pourquoi on entendait des coups de feu au loin de temps en temps. Il ne s'agissait pas seulement des tirs avec lesquels le militaire abattait les animaux qui, le soir, composaient notre dîner. C'étaient d'autres coups de feu, à d'autres fins. Zacaria Kalash était notre second gardien de prison.

– Ils sont tous complices, ces deux-là sont plutôt trois, assurait Ntunzi. Ils sont liés par le sang, oui, mais celui des autres.

Quel que soit l'endroit où il habitait, la vérité c'est qu'Aproximado nous rendait uniquement visite pour nous approvisionner en vivres, en vêtements, en médicaments. Il y avait néanmoins une liste d'importations interdites en tête desquelles figuraient les livres, les journaux, les magazines et les photos. Bien que toutes anciennes et sans actualité, ces publications étaient interdites. En l'absence d'images de l'Autre-Côté, notre imagination se nourrissait des histoires qu'Oncle Aproximado nous racontait en cachette de mon père.

– Mon oncle, dis-nous, comment va le monde ?

– Il n'y a aucun monde, mes petits neveux, votre père n'est-il pas fatigué de vous le répéter ?

– Allez, mon oncle…
– Tu connais, Ntunzi, tu y es déjà allé.
– Je suis parti depuis si longtemps !
Ce dialogue m'ennuyait. Je n'aimais pas qu'ils rappellent que mon frère avait déjà vécu de l'autre côté, qu'il avait connu notre mère, qu'il savait comment étaient les femmes.

Sans nous parler du monde, Aproximado finissait par nous raconter des histoires et, sans qu'il le sache, celles-ci nous rapportaient non pas un, mais de nombreux mondes. Pour mon oncle, faire attention à lui, c'était lui manifester de la reconnaissance.

– J'ai toujours été étonné que quelqu'un m'écoute.

Pendant qu'il parlait, il marchait de long en large et on remarquait seulement alors qu'il avait une jambe plus maigre et plus courte que l'autre. Notre visiteur, qu'on me pardonne, ressemblait au valet de trèfle. Erreur de fabrication ou précipitation, on avait manqué de place pour dessiner son cou et ses jambes. Il avait l'air tellement grassouillet qu'on ne voyait pas le bout de ses pieds. Rondelet de la sorte, il semblait aussi grand debout qu'à genoux. Timide, il s'inclinait en respectueuses révérences comme si partout les portes étaient trop basses. Aproximado dissertait sans jamais quitter ses manières mesurées comme s'il faisait toujours erreur, comme si son existence était déjà une indiscrétion.

– Oncle, parle-nous de notre mère.
– Votre mère ?
– Oui, s'il te plaît, raconte-nous comment elle était.

La tentation était trop grande. Aproximado faisait machine arrière pour redevenir Orlando et il avait envie de voyager dans les souvenirs de sa demi-sœur. Il scrutait les quatre coins du paysage pour sonder la présence de Silvestre.

– Il est où le grand Silvestre ?
– Il est allé au fleuve, on peut parler.

Et Aproximado se lâchait et discourait. Dordalma, que Dieu garde ses âmes, était la plus belle des femmes. Elle n'était pas noire comme lui. Elle avait hérité de la clarté de leur père, un petit mulâtre de Muchatazina. Notre père fit la connaissance de Dordalma et fut pris au piège.

– Tu crois possible que notre père n'ait pas de saudades ?

– Bon, bon : qui sait ce qu'est la saudade ?

– Il en a ou non ?

– La saudade c'est attendre que la farine redevienne du grain.

Il restait à philosopher sur la définition de la saudade. Tout est une question de noms, disait-il. De noms et de rien d'autre. On n'avait qu'à prendre le cas du papillon : a-t-il besoin d'ailes pour voler ? Ou n'est-ce pas le nom qu'on lui donne qui est lui-même un battement d'ailes ? Et c'était ainsi, lent et ourlé, qu'Aproximado baratinait ses réponses.

– Mon oncle, arrête avec ça, parle avec nous. Dis-nous par exemple : Silvestre et Dordalma s'aimaient-ils ?

Au début, ils s'entendaient comme le vent et la voile, le drap et le cou. Parfois, il faut le dire, il leur arrivait de s'échauffer dans des menues querelles. Tout le monde connaît Silvestre : têtu comme l'aiguille d'une boussole. Peu à peu, Dordalma se cloîtra dans son monde à elle, triste et silencieuse telle la pierre sauvage.

– Et comment est-ce que notre mère est morte ?

Il n'y avait pas de réponse. Aproximado s'esquivait : à l'époque, il n'était pas en ville. Quand il était arrivé à la maison, la tragédie avait déjà eu lieu. Après avoir reçu ses condoléances, notre père lui dit ainsi :

– Veuf n'est qu'un autre nom qu'on donne à un mort. Je vais choisir un cimetière personnel, le mien, où j'irai m'enterrer.

– Ne parle pas comme ça. Où veux-tu aller vivre ?

– Je ne sais pas, il n'y a plus aucun endroit.

La ville s'était effondrée, le Temps avait implosé, l'avenir était enseveli. Le demi-frère de Dordalma l'appela encore à la raison : celui qui quitte sa place ne revient jamais à lui-même.

– Tu n'as pas d'enfants, beau-frère. Tu ne sais pas ce que c'est de confier un enfant à ce monde pourri.

– Mais il ne te reste aucun espoir, Silvestre, mon frère ?

– De l'espoir ? C'est la confiance que j'ai perdue.

Celui qui perd espoir fuit. Celui qui perd confiance se cache. Et il désirait à la fois fuir et se cacher. Mais on ne devait jamais soupçonner chez Silvestre de sentiment de désamour.

– Votre père est un homme bon. Sa bonté est celle d'un ange qui ne sait pas où est Dieu. C'est tout.

Toute sa vie être père fut son unique accomplissement. Et tout bon père affronte la même tentation : garder ses enfants pour soi, hors du monde, loin du temps.

Un jour, Oncle Aproximado arriva tôt le matin, contrevenant aux consignes selon lesquelles il ne pouvait débarquer à Jésusalem qu'en fin de journée. En temps normal, l'oncle claudiquait et ses jambes semblaient obéir à deux volontés étrangères.

– Je boite non par défaut, mais par prudence, disait-il.

Cette fois, il avait oublié la prudence. La seule précipitation gouvernait son corps.

Mon père était occupé à réparer le toit de notre maison. Je tenais l'échelle où il était perché. Tournant autour d'elle, l'oncle cria :

– Beau-frère, descends. J'ai des nouvelles.

– Les nouvelles sont finies depuis longtemps.

– Je te demande de descendre, Silvestre Vitalício.

– Je descendrai quand ce sera le moment.

– Le président est mort !

Au sommet des échelons, le geste resta suspendu. Ce furent néanmoins de brèves secondes. Aussitôt après, je sentis l'échelle vibrer : mon vieux entamait la descente. Sur la terre ferme, il s'appuya contre le mur et s'amusa à essuyer la sueur qui coulait sur son visage. Mon oncle se rapprocha :

– Tu as entendu ce que je t'ai dit ?

– J'ai entendu.

– C'était un accident.

D'un geste dégagé, Silvestre continua d'essuyer son visage. La main en visière sur son front, il examina l'endroit où il s'était juché.

– J'espère qu'il arrêtera de pleuvoir à l'intérieur, affirma-t-il en pliant méticuleusement le chiffon avec lequel il s'était essuyé.

– Tu as entendu ce que je t'ai dit ? Que le président est mort ?

– Il était déjà mort avant ça.

Et il rentra. L'Oncle Aproximado resta là à donner des coups de pied sur les cailloux de la cour. La colère n'est qu'une manière différente de pleurer. Je demeurai distant, feignant de ranger les outils. Personne ne doit s'approcher d'un homme qui fait mine de ne pas pleurer.

Aproximado prit alors sa décision sur-le-champ. Il se rendit à l'arsenal et appela Zacaria. Ils discutèrent à voix basse sur le seuil de la paillote. La nouvelle mit l'ex-militaire hors de lui. Exalté, il ne tarda pas à empoigner son fusil qu'il fit tournoyer en l'air en signe de menace. Il passa par la petite place devant nos maisons, criant sans s'arrêter :

– On l'a tué ! Salauds, on l'a tué !

Et il bifurqua en direction du fleuve, ses cris s'atténuèrent peu à peu jusqu'à ce qu'on entende à nouveau les cigales. Alors que tout semblait s'être enfin calmé, mon père ouvrit brusquement la porte de sa chambre et s'adressa à son beau-frère :

– Tu as vu ce que tu as fait ? Qui est-ce qui t'a demandé de lui annoncer la nouvelle ?

– Je parle avec qui je veux.

– Eh bien ne parle plus à personne à Jésusalem.

– Jésusalem n'existe pas. Elle n'existe sur aucune carte, uniquement sur celle de ta folie. Il n'y a aucun Silvestre, pas d'Aproximado, pas de Ntunzi, pas de…

– Tais-toi !

Les mains de Silvestre agrippèrent la chemise d'Aproximado. Nous craignîmes le pire. Mais le vieux Silvestre ne donna corps à sa colère que dans son jugement brutal :

– Va-t'en, espèce d'éclopé ! Et ne reviens plus, je n'ai plus de commandes pour toi.

– Je prends mon camion et je ne reviens plus jamais.

– Parfait, et en plus je ne veux pas que les voitures passent ici, elles laissent la Terre à vif.

Aproximado retira de sa poche le trousseau de clés et s'appesantit à choisir celle qui lui permettrait d'accéder à sa voiture. Cet atermoiement était sa réponse d'honneur. Il partirait, oui, mais en choisissant son moment. Ntunzi et moi courûmes pour tenter de le dissuader.

– Oncle, s'il te plaît, ne pars pas !

– Vous ne connaissez pas le proverbe : celui qui endosse la peau du loup perd la sienne ?

Nous ne comprîmes pas l'adage, mais nous sûmes que rien ne le retiendrait. Une fois assis dans sa voiture, mon oncle passa son mouchoir sur son front comme s'il désirait en arracher la peau ou augmenter sa calvitie déjà prononcée. Et le bruit de la camionnette étouffa nos adieux.

Après ça, les semaines qui passèrent s'abattirent sur nous comme une huile épaisse. Les vivres se raréfiant peu à peu, nous dépendîmes presque exclusivement de la viande que Zacaria nous apportait déjà cuisinée à la fin de la journée. Le potager produisait à peine plus que des herbes immangeables. Les fruits sylvestres sans nom nous sauvèrent.

Pendant ce temps-là, Ntunzi s'occupa à dessiner une nouvelle carte et je passai des après-midi entiers près du fleuve comme si le cours de l'eau me soignait d'une blessure invisible.

Un jour, pourtant, nous entendîmes le bruit tant désiré de la voiture. Aproximado était revenu. Sur la petite place, il freina avec ostentation, soulevant un nuage de poussière. Sans nous saluer, il fit le tour du véhicule et ouvrit les portières. Et il se mit à décharger des boîtes, des grilles et des sacs. Zacaria se leva pour l'aider, mais les paroles brutales de Silvestre l'arrêtèrent.

– Reste assis. Rien de tout ça n'est pour nous.

Aproximado déchargea la voiture sans l'aide de personne. À la fin, il s'assit sur une boîte et soupira, fatigué :

– J'ai apporté tout ça.

– Tu peux le remporter, rétorqua mon père. Personne ne t'a rien demandé.

– Il n'y a rien pour toi. Tout est destiné aux petits.

– Tu vas tout remporter. Et toi, Zaca Kalash, aide à charger toutes ces saletés dans la fourgonnette.

L'adjudant eut à peine le temps de commencer à soulever une boîte. Notre oncle, rehaussé d'une voix inattendue, contre-ordonna :

– Laisse ça, Zaca ! Et, se tournant vers mon vieux, supplia : Silvestre… Silvestre, écoute-moi, s'il te plaît : j'ai des nouvelles graves à transmettre…

– Un autre président est mort ?

– C'est sérieux. J'ai remarqué des allées et venues près du portail.

– Des allées et venues ?

– Il y a quelqu'un de l'autre côté.

On s'attendait à ce que notre père nie catégoriquement. Pourtant, il resta silencieux, surpris par la déclaration véhémente de son parent. Nous fûmes étonnés lorsque Silvestre désigna la chaise libre et dit :

– Assieds-toi, mais fais vite. J'ai beaucoup à faire. Parle donc…

– Je crois que le temps est venu. Ça suffit ! On va revenir, Mateus Ventura, les gosses…

– Il n'y a aucun Mateus ici.

– Pars, Silvestre. Il n'y a pas que les gosses, moi aussi je ne tiens plus.

– Puisque tu ne tiens plus, va-t'en. Vous pouvez tous y aller, je reste.

Silence. Mon père regarda le ciel comme s'il recherchait une compagnie pour son prochain séjour. Puis, ses yeux se posèrent longuement sur Zacaria Kalash.

– Et toi ? demanda mon père.

– Moi ?

– Oui, toi, camarade Zacaria Kalash. Tu veux rester ou partir ?

– Je ferai comme toi.

Zacaria parla et il n'y avait plus rien à dire. Un léger claquement de talons et il se retira. Aproximado approcha son siège de Silvestre, édulcorant sa voix pour continuer la conversation.

– J'ai besoin de comprendre, beau-frère : pourquoi tu t'obstines à rester ici ? Il y a eu un problème à l'église ?

– À l'église ?

– Oui, raconte-moi, j'ai besoin de comprendre.

– Pour moi, il n'y a plus aucune église depuis longtemps.

– Ne dis pas ça…

– Eh bien je le dis et le répète. À quoi sert de croire en Dieu si on perd foi dans les hommes ?

– Un problème de politique ?

– Politique ? La politique est morte, ce sont les politiciens qui l'ont tuée. Maintenant, il ne reste plus que la guerre.

– Comme ça, on ne peut pas parler. Tu tournes en rond, en divaguant dans les mots.

– C'est pour ça que je dis : va-t'en.

– Pense à tes enfants. Pense surtout à Ntunzi qui est malade.

– Ntunzi va mieux, il n'a pas besoin de tes mensonges pour être bien...

– C'est ça, c'est cette merde de Jésusalem qui est le grand mensonge, hurla Aproximado, montrant que la conversation s'arrêtait là.

Le visiteur s'éloigna boitant davantage qu'à l'accoutumée. Il semblait tomber simultanément des deux côtés. Comme si son découragement accusait sa malformation congénitale.

– Va boiter ailleurs, espèce d'anormal.

Soulagé, Silvestre inspira profondément. Ça lui manquait d'insulter quelqu'un. C'est vrai qu'il maltraitait Zacaria. Mais l'adjudant était un subalterne. Quel plaisir y a-t-il à insulter un petit ?

Zacaria Kalash, le militaire

> [...]
> *Ici, depuis longtemps déjà les choses ont été vécues :*
> *Il y a dans l'air des espaces éteints,*
> *La forme gravée en creux*
> *Des voix et des gestes de jadis.*
> *Et mes mains ne peuvent rien saisir.*
>
> Sophia de Mello Breyner Andresen

– Ils vont sauter, je vous montre.

Les doigts zélés de Zacaria comprimaient les muscles de sa jambe contre l'os. Soudain, des bouts de métal qui tombaient et tournaient par terre sautaient de sa chair.

– Ce sont des balles, claironnait Zacaria Kalash avec orgueil.

Du bout des doigts, il les prenait une par une et annonçait leur calibre ainsi que les circonstances dans lesquelles il avait été blessé. Chacune des quatre balles avait sa provenance spécifique.

– Celle-ci, dans la jambe, je l'ai gagnée pendant la guerre coloniale. Celle de la cuisse provient de la guerre avec Ian Smith. Celle-ci, dans le bras, de la guerre actuelle…

– Et l'autre ?

– Quelle autre ?

– Celle de l'épaule ?

– Celle-là, je ne me rappelle plus.

– C'est pas vrai, Zacaria. Raconte.

– Je parle sérieusement. Même des autres je ne me souviens pas toujours bien.

Il essuyait les projectiles sur la manche de sa chemise et les introduisait à nouveau dans sa chair, utilisant ses doigts comme s'il poussait le piston d'une seringue.

– Tu sais pourquoi je ne me sépare jamais de mes balles ?

On savait. Mais on faisait semblant de l'entendre pour la première fois. Comme le dicton de son invention qu'il invoquait : si tu veux connaître un homme, guette ses cicatrices.

– Ceux-ci sont les revers de mes nombrils. Par ici – et il montrait les trous – la mort s'est échappée par ici.

– Laisse tomber les balles, Zaca, on veut savoir d'autres choses.

– Quelles autres choses ? Je n'ai que des connaissances d'animal : je pressens les morts et les sangs.

Après la convalescence de mon frère, Silvestre Vitalício pensa qu'il était temps que des changements radicaux aient lieu à Jésusalem. Et il décida : Ntunzi et moi devions aller vivre quelque temps avec Zacaria Kalash. À la fois pour nous éclaircir les idées, nous apprendre les énigmes de l'existence et les secrets de la survie. Si Zacaria nous faisait défaut, on le remplacerait à la chasse, activité vitale.

– Fais-les patauger dans la boue, avait ordonné mon vieux.

Nous étions supposés parcourir les sentiers sauvages, nous initier à l'art de flairer et de traquer les animaux, maîtriser les langages secrets des arbres. Cependant, Zacaria esquivait son rôle de maître. Il préférait raconter ses histoires de chasse, parler sans répondant, s'écouter lui-même pour ne plus entendre ses fantômes. Mais nous réclamions d'autres sujets de conversation.

– Parle-nous de notre passé.

– Ma vie est une taupinière : quatre trous, quatre âmes. De quoi voulez-vous parler ?

– De notre mère, de ses amours avec papa.

– Ça non, ça jamais.

La réaction de Zacaria nous parut excessive. L'homme beugla, les mains croisées sur sa poitrine, répétant sans s'arrêter :

– Ça non.

Petit-fils de soldat, fils de sergent, n'ayant jamais été lui-même autre chose que militaire. Qu'on ne vienne pas lui raconter des boniments, des histoires de cœur, d'amours et de regrets. L'Homme est une bête mortelle adorant la Vie mais aimant encore plus empêcher de vivre.

– Tu te sens toujours militaire. Avoue, Zaca, tu regrettes la caserne ?

L'homme caressait la veste militaire qu'il portait toujours. Ses doigts s'engourdissaient sur le canon de son fusil. Il ne parlait qu'après : ce n'est pas l'uniforme qui fait le militaire. C'est le serment. Il n'était pas de ceux qui s'engageaient dans l'armée par peur de la Vie. Être militaire fut, comme il disait, une dérive du courant. Il n'existait pas de mot dans sa langue maternelle pour dire soldat. On disait "*massodja*", terme dérobé à l'anglais.

– Je n'ai jamais eu de causes, j'ai toujours été mon propre drapeau.

– Mais, Zaca, tu ne te souviens pas de notre mère ?

– Je n'aime pas reculer les époques. Ma tête a une faible portée.

Ernestinho Sobra, maintenant rebaptisé Zacaria Kalash, avait traversé des morts et des fusillades. Il avait échappé aux tirs, à toute remémoration. Ses souvenirs s'étaient enfuis par les perforations de son corps.

– Je n'ai jamais été doué pour me souvenir, je suis comme ça de naissance.

Ce fut l'Oncle Aproximado qui dévoila cet oubli : pourquoi Zacaria ne se souvenait-il d'aucune guerre ? Parce qu'il avait toujours combattu du mauvais côté. C'était comme ça depuis toujours dans sa famille : son grand-père avait lutté contre Gungunhana*, son père s'était engagé dans la police coloniale et lui-même s'était battu pour les Portugais pendant la lutte de libération nationale.

Pour l'Oncle Aproximado, notre parent visiteur, cette amnésie ne méritait rien d'autre que du mépris. Un militaire sans souvenirs de guerre est comme une prostituée qui se prétend vierge. Voilà ce qu'Aproximado, sans prendre de gants, jetait au visage de Zacaria. Toutefois, le militaire faisait la sourde oreille sans jamais riposter. Avec un sourire angélique, il détournait la conversation sur un sujet creux dans lequel il se sentait à l'aise :

– Parfois, je me demande : combien de balles il peut y avoir dans ce monde ?

– Zaca, ça n'intéresse personne...

– Dans la guerre, il y a eu plus de balles que de gens ?

– Ça je sais pas, répondait Ntunzi. De nos jours, c'est sûr que oui : il suffit de six balles pour exterminer l'humanité. Tu as six balles ?

Souriant, Zacaria désignait les boîtes. Elles étaient remplies de munitions. Elles étaient plus que suffisantes pour exterminer diverses humanités. Tous riaient sauf moi. Car le sentiment de vivre parmi les souvenirs et les oublis des guerres me pesait. La poudre faisait partie de notre Nature, comme l'assurait le militaire amnésique :

– Un jour, je sèmerai mes balles que voici. Je les planterai dans le coin...

– Pourquoi tu as quitté la ville, Zaca ? Pourquoi tu es venu avec nous ?

– Qu'est-ce que je faisais là-bas ? À creuser des trous dans le vide.

---

* Né à Gaza en Afrique du Sud en 1850, il règne sur l'Empire de Gaza de 1884 à 1895. À la tête d'une rébellion contre les Portugais, il est défait en 1895 et emmené en captivité aux Açores où il meurt en 1906. *(NdT)*

Et il crachait tandis qu'il parlait. Il s'excusait de ses manières. C'était un homme éduqué. Il crachait uniquement pour se débarrasser de sa propre saveur.

– Je suis mon venin.

La nuit, sa langue se dépliait comme un serpent. Il se réveillait, le goût du venin à la bouche, comme si le diable l'avait embrassé. Tout ça parce que le sommeil du soldat est un lent défilé de morts. Il se réveillait comme il vivait : tellement solitaire qu'il s'entretenait avec lui-même à seule fin de ne pas oublier la parole humaine.

– Mais, Zacaria : et la ville ne te manque pas ?

– Non.

– Tu ne regrettes personne ?

– J'ai toujours vécu en guerre. Ici c'est ma première paix...

Il ne retournerait pas en ville. Il ne voulait vivre ni aux ordres ni pour un salaire, comme il disait. On n'avait qu'à voir comment il s'y prenait à Jésusalem : il dormait comme la poule sauvage. Sur la branche de l'arbre par peur du sol. Mais sur les branches les plus basses par crainte de tomber.

Zacaria Kalash ne se souvenait pas de la guerre. Mais la guerre se souvenait de lui. Et elle le martyrisait en ranimant d'anciens traumas. Lorsque le tonnerre éclatait, il partait dément dans la campagne déserte en hurlant :

– Fils de putes, fils de putes !

Alentour, les animaux se manifestaient et même Jezibela brayait par désespoir. Ils ne criaient pas contre la tempête. C'était la fureur de Zacaria qui les tourmentait.

– C'est à cause du fracas du tonnerre, expliquait Silvestre.

Le souvenir des explosions le bouleversait. Le grondement des nuages n'était pas un bruit : c'étaient d'anciennes blessures ravivées. On oublie les balles, pas les guerres.

Mon père nous avait envoyés vivre dans l'arsenal et, pour moi, les vraies raisons avaient à voir avec Ntunzi et la nécessité de le distraire. Une hiérarchie naturelle attribua un fusil à Ntunzi et à moi une simple fronde. Avec de vieux pneus de camion, Zacaria m'apprit à improviser des élastiques et à fabriquer une arme à la portée mortifère. La pierre projetée dans un sifflement, et voilà que le vol de l'oiseau se brisait brusquement, touché par son propre poids. C'était ma pierre de rapine.

– Tu tues, tu manges.

C'était le commandement de Zaca. Cependant, je me demandais : un oisillon aussi coloré, aussi gazouillant, pouvait-il être une partie du plat qu'on allait manger ?

– Tout ce que je peux vous apprendre à Ntunzi et à toi, c'est à ne pas rater votre tir. Pour être heureux il faut bien savoir viser.

– Tu ne te sens pas triste de tuer ?

– Je ne tue pas, je chasse.

Les animaux, disait-il, étaient ses frères.

– Aujourd'hui c'est moi le prédateur, demain ce sont eux qui me dévoreront, argumentait-il.

Bien viser n'est pas de l'habilité mais de la charité. Finalement, sa façon de viser était suicidaire : chaque fois qu'il tuait une bête, c'était davantage lui-même qu'il touchait. Et ce matin-là Zacaria devrait une fois de plus tirer sur lui-même : notre père nous avait ordonné de rapporter une pièce pour le dîner.

– Oncle Aproximado va arriver et on le recevra l'assiette et le verre pleins.

Aussi nous nous enfonçâmes dans la forêt à la poursuite du bubale, l'antilope qui aboie et qui mord comme un chien. Le militaire ouvrit la marche et ses mains nous transmettaient des ordres. Zacaria s'arrêtait de temps en temps, s'agenouillant sur le sol. Puis, il creusait un trou, se penchait et parlait à cette ouverture, susurrant d'imperceptibles secrets.

– La terre va me dire où sont les animaux à sabots.

Et nous repartions à nouveau, en suivant des sentiers qui se révélaient uniquement à Zacaria. Il était presque midi et la chaleur nous contraignit à l'ombre. Ntunzi s'écroula en plein milieu du sol et là se vengea de sa fatigue somnolente.

– Réveillez-moi un de ces jours, demanda-t-il.

Pour moi, ce fut inattendu : le militaire se leva et fit de sa veste un oreiller pour agrémenter le sommeil de Ntunzi. Je n'avais jamais imaginé de telles attentions à Jésusalem. Revenu à l'ombre du *ntondo**, Zacaria roula une longue cigarette comme si son plus grand plaisir était de rouler et non de fumer. Peu à peu, il s'accommoda contre le tronc et délecta ses yeux de la cime des frondaisons.

– Cet arbre répond bien à la terre, dit-il.

La fronde dormait dans sa main, attentive néanmoins aux ombres mouvantes. Les oiseaux, toujours passagers. Le repos ne gagne jamais tout à fait le chasseur. La moitié de son âme, ce côté félin, est toujours en embuscade.

– Toujours chasseur, hein ?

– Quoi ? À cause de cette fronde ? Mais ça, c'est uniquement pour me sentir enfant.

Et il semblait vaciller devant le sommeil, terrassé de fatigue, sans même vouloir bouger les yeux. La chaleur au zénith était telle que le seul fait d'avoir un corps était une gêne insupportable.

– Tu n'as jamais eu de femme, Zaca ?

– J'ai toujours vécu par monts et par vaux, sans jamais créer d'âme. Seul le vautour trouve du repos dans ce monde, mon enfant.

Que l'on sache, le militaire n'eut jamais ni femme ni enfant. Kalash se justifiait. Il est des gens qui sont comme le bois : bons à rester ensemble. Il en est d'autres qui sont comme les œufs : toujours par douzaines. Pas lui. Il avait

* *Cordelya africana*, variété de manguier sauvage. *(NdT)*

l'attitude du bubale : errant toujours sans compagnie. Habitude qu'il avait gardée de la guerre. Aussi grand que soit le peloton, le soldat vit toujours tout seul. Mourant en collectivité, enseveli plus que dans une fosse commune : dans un cadavre commun. Mais ne vivant que dans la solitude.

À l'ombre du *ntondo*, nous semblions avoir tous sombré dans le sommeil. Cependant, sous l'impulsion d'un ressort intérieur, le militaire se redressa soudain. Il pointa son arme et le tir déchira le silence pour toujours. Une déflagration parmi les arbustes et nous nous précipitâmes en courant pour ramasser l'antilope blessée. Mais l'animal n'était pas où on l'attendait. Il s'était échappé au milieu de la végétation. Une trace de sang sur le sol indiquait son parcours. Nous fûmes alors témoins de la transformation inattendue de Kalash. Pâle, pris de vertige, il s'assit sur une pierre pour éviter de tomber.

– Suivez vous-mêmes sa trace.

– Nous tout seuls ?

– Prenez le fusil. Toi, Ntunzi, tire.

– Mais tu ne viens pas avec nous, Zacaria ?

– Je ne peux pas.

– Tu es malade ?

– Je n'ai jamais pu.

Le chasseur aguerri, soldat de nombreuses guerres, chancelait devant le coup de grâce ? Zacaria nous expliqua alors qu'il ne pouvait affronter ni le sang ni l'agonie des proies. Ou le tir était précis et la mort immédiate, ou il renonçait, pris de remords.

– Le sang me fait devenir femme, ne le dites pas à votre père.

Ntunzi prit le fusil et, peu après, on entendit les coups de feu. Il ne tarda pas à réapparaître en traînant l'animal. À partir de ce jour-là, Ntunzi prit goût à la poudre. Il se levait aux aurores et filait dans la forêt, heureux comme Adam avant de perdre sa côte.

Tandis que Ntunzi se réapprenait chasseur, je préférais plutôt être berger. Tôt le matin, j'emmenais les chèvres brouter.

– Pour la chèvre, chaque terre est un chemin. Et chaque sol une pâture. Il n'y a pas d'animal plus sage, commentait Zaca.

La sagesse de la chèvre : imiter la pierre pour vivre. Un jour, alors que je l'aidais à rassembler le bétail dans l'étable, Zacaria avoua : oui, il y avait un souvenir qui le hantait de manière récurrente. Cette réminiscence était la suivante : pendant la guerre coloniale, il vit arriver un jour à la caserne un soldat blessé. Aujourd'hui il sait : les soldats sont toujours blessés. La guerre blesse même ceux qui ne sont jamais allés au combat. Eh bien ce soldat n'était guère plus qu'un enfant, ce petit soldat souffrait d'une maladie : chaque fois qu'il toussait, un torrent de balles sortait par sa bouche. Cette toux était contagieuse : il fallait s'éloigner. Zacaria n'eut pas seulement envie de s'éloigner de la caserne. Il voulut émigrer du temps de toutes les guerres.

– Encore heureux que le monde soit fini. Maintenant, c'est de la brousse que je reçois des ordres.

– Et de papa ?

– Sans vous offenser, votre père fait partie de la brousse.

Je prenais le chemin opposé de Zaca : un jour, je serais un animal. Comment est-ce que, aussi loin des gens, nous étions toujours des hommes ? C'était ça mon doute.

– Ne pense pas comme ça. C'est là-bas en ville qu'on devient des bêtes.

Sur le moment, je ne mesurais pas combien le militaire avait raison. Mais aujourd'hui je sais : plus il est inhabitable, plus le monde est habité.

Je ne comprenais plus Zacaria Kalash depuis longtemps. Mes doutes avaient pour cause son ancien nom. Ernestinho Sobra. Pourquoi Sobra ? Finalement, la raison était simple : c'était un reste humain, un relief anatomique, un pendant de l'âme*. On savait, mais on n'en parlait pas : Zacaria avait été touché par l'explosion d'une mine. L'engin explosa, le soldat Sobra décolla en une fruste imitation d'oiseau. On le retrouva en pleurs ne sachant plus marcher. On chercha encore en vain un quelconque dégât corporel. L'explosion avait ravagé la totalité de son âme.

Mais mes doutes sur l'humanité de Zacaria allaient plus loin. Lors des nuits sans lune, par exemple, il déchargeait son fusil en l'air comme s'il tirait des salves.

– Ce que je fais ? Des étoiles.

Les étoiles, disait-il, sont des trous dans le ciel. Les astres innombrables n'étaient rien d'autre que des trous ouverts par ses tirs sur la sombre cible du firmament.

Certaines nuits, les plus étoilées, Zacaria nous appelait pour voir le spectacle du ciel. Nous protestions, ensommeillés :

– Mais nous en avons assez de regarder...

– Vous ne comprenez pas. Ce n'est pas pour regarder, mais pour être vus.

– C'est pour ça que tu dors dehors ?

– Ça, c'est pour d'autres raisons.

– Mais ce n'est pas dangereux, dormir comme ça à la belle étoile ?

– J'ai déjà été animal. J'apprends encore à être une personne.

Nous ne comprenions pas Jésusalem, disait Kalash.

– Ici, les choses sont des personnes, expliqua-t-il.

Nous nous plaignions d'être seuls ? Pourtant, il y avait des gens tout autour de nous, des créatures humaines métamorphosées en pierres, en arbres, en animaux. Et même en fleuves.

* *Sobra* : reste en portugais. *(NdT)*

– Toi, Mwanito, fais comme moi : salue les choses lorsque tu passes à côté d'elles. Comme ça tu trouveras la paix. Comme ça tu pourras dormir sous n'importe quelle belle étoile.

Mes peurs nocturnes se dissiperaient si je me mettais à saluer les arbustes et les roches. Je ne parvins jamais à prouver l'efficacité de la recette de Zacaria Kalash, parce qu'à un moment donné il s'éclipsa.

Cela eut lieu juste après l'arrivée inopinée d'Oncle Aproximado. En fin d'après-midi, nous entendîmes des pas à proximité de l'arsenal, Zacaria rampa, l'arme au poing, prêt à tirer. Le militaire chuchota à mon frère :

– Ça, c'est un animal blessé qui approche en boitant, tire, Ntunzi…

Et nous entendîmes la voix reconnaissable entre toutes de notre parent derrière les fourrés :

– Tire ! Va te faire foutre ! Eh du calme, c'est moi…

– Je n'ai pas entendu la camionnette, dit-il.

– Elle est tombée en panne à l'entrée. J'ai marché tout du long.

Aproximado salua, s'assit, se mit à l'ombre et but. Il mit du temps à dire :

– J'arrive de l'Autre-Côté.

– Tu as rapporté des choses ? demandai-je, curieux.

– Oui. Mais je ne suis pas ici pour ça. J'ai quelque chose à vous dire.

– Quoi, mon oncle ?

– La guerre est terminée.

Il remplit sa gourde et retourna au campement. Zacaria ordonna à Ntunzi de rendre son arme. Mon frère refusa avec véhémence :

– C'est papa qui m'a ordonné de m'entraîner…

– Ton père commande le monde, je commande les armes.

La voix de Kalash était altérée, les mots semblaient écorcher sa gorge. Il plaça l'arme dans l'arsenal et ferma le bâtiment à double tour. Nous le vîmes encore se rendre au puits et s'y pencher comme s'il voulait se jeter dans l'abîme. Il demeura ainsi une demi-heure. Se redressant d'un air préoccupé, il nous dit seulement :

– Retournez au campement, je vais…

– Où vas-tu ?

Il ne répondit pas. Nous entendîmes encore les pieds du militaire écraser les feuilles sèches.

Zacaria se retira et personne ne le vit plus pendant des jours. Nous réintégrâmes notre chambre et y restâmes avec le sentiment que le temps dans son ensemble se réduisait à une attente. Pas de signe d'Aproximado ni de trace du militaire. Ni même un tir sporadique dans le lointain.

Un jour, en apportant du tabac à Jezibela, je surpris Zacaria couché dans l'étable, tout barbu et sentant plus fort qu'une bête.

– Comment tu vas, Zacaria ?

– Je vais sans cause, je viens sans rien.

– Papa veut savoir ce que tu fais là, aussi longtemps, complètement enfermé ?

– Je construis une fille. Ça prend énormément de temps car elle est étrangère.

– Et tu prévois de terminer quand ?

– Elle est déjà faite, il ne manque plus qu'un nom. Maintenant, va-t'en, je ne veux aucune personne vivante par ici.

– Il a dit ça ? demanda mon père à mon retour au campement.

Silvestre me demanda de reproduire phrase par phrase la conversation que j'avais eue quelques instants auparavant avec le militaire. La ride sur le front de mon père se creusa. On croyait tous que Zacaria détenait des pouvoirs occultes. On savait, par exemple, comment il pêchait sans filet ni ligne. Avec des pouvoirs de Christ, il pénétrait dans le fleuve jusqu'à ce que l'eau atteigne sa ceinture. Puis, marchant toujours, il plongeait ses bras quelques secondes et les retirait chargés de poissons frétillants.

– Mon corps est mon filet, disait-il.

Le jour suivant, Zacaria reprit du service, remis et en uniforme. Mon père ne lui demanda rien. La routine de Jésusalem semblait être revenue : le militaire sortait à l'aube, le fusil sur l'épaule. De temps en temps on entendait des coups de feu au loin. Mon vieux nous tranquillisait :

– C'est Zacaria et ses extravagations.

L'adjudant ne tardait pas à surgir à l'horizon, portant un animal déjà dépecé. Mais il arriva que les coups de feu retentissent à des heures où Zacaria était avec nous.

– Qui sont ceux qui tirent maintenant, papa ?

– Ces coups de feu sont des échos anciens.

– Expliquez, papa.

– Ils n'ont pas lieu maintenant. Ce sont des échos de la guerre terminée.

– Erreur, cher Silvestre, affirma Zacaria.

– Quelle erreur ?

– Aucune guerre ne finit jamais.

L'ânesse Jezibela

Tourment d'être moi et de ne pas être une autre.
Tourment de ne pas être, mon amour, celle-là
qui te fit don d'une lignée de filles, se maria jouvencelle
et au soir s'apprête et se devine
objet d'amour, attentive et belle.

Tourment de ne pas être la grande île
qui te retient sans te désespérer.
(La nuit comme un fauve s'avoisine)

Tourment d'être eau au beau milieu de la terre
et d'avoir la face bouleversée et mobile.
Et dans le même temps multiple et immobile

ne pas savoir s'il s'absente ou t'attend.
Tourment de t'aimer, s'il t'émeut.
Et vouloir, étant eau, mon amour, être terre.

Hilda Hilst

Je vous présente pour conclure le dernier personnage de l'humanité : notre chère ânesse, prénommée Jezibela. L'ânesse avait mon âge, ce qui était beaucoup pour un animal de son espèce. Néanmoins, Jezibela était, comme disait mon père, dans la fleur de l'âge. Le secret de son élégance tenait au tabac qu'elle mâchait. On commandait à l'Oncle Aproximado la gourmandise que se partageaient Zacaria et l'ânesse. Les fins d'après-midi l'un de nous lui apportait les feuilles entières et l'ânesse, se réjouissant à leur vue, s'approchait d'un trot joyeux pour recevoir ces verdures. Un jour, Ntunzi commenta comme cela l'amusait de voir ces mimiques délicates sur ses lèvres grossières.

– Grossières ! Qui a dit qu'elles étaient grossières ?

C'était mon vieux défendant Jezibela. Plus que le tabac c'était l'amour que lui vouait Silvestre qui expliquait la splendeur de l'ânesse. Nul n'a jamais vu de tels égards à l'endroit d'une affection zoologique. Les amours se passaient le dimanche. Il faut dire que mon père n'avait qu'une vague idée du calendrier. C'était parfois dimanche deux jours de suite. Ça dépendait de son état de manque. Ainsi le dernier jour de la semaine c'était sûr et certain : Silvestre arborant une cravate rouge se dirigeait d'un pas solennel vers l'étable, un bouquet de fleurs à la main. L'homme défilait pour accomplir ce qu'il appelait ses “fins d'infini”. À une certaine distance de l'étable, mon vieux s'annonçait, respectueux :

– Vous permettez ?

L'ânesse se retournait, avec un regard insondable empli de cils, et mon père, les mains croisées sur son ventre, attendait un signe. Quel était ce signe, nous ne l'avons jamais su. La vérité, c'est qu'à un moment donné, Silvestre témoignait sa gratitude :

– Je te remercie, Jezibela, j'ai apporté ces immodestes fleurs…

On voyait encore l'ânesse mâcher le bouquet de fleurs. Puis, mon père disparaissait à l'intérieur de l'étable. Et on ne savait rien de plus.

Un dimanche, les choses n'ont pas dû se passer favorablement. Silvestre revint furibond de son excursion amoureuse, la rage au bout du pied et la malédiction sur le bout de la langue. Tête baissée, il répétait :

– Ça ne m'était jamais arrivé, jamais, jamais ! Au grand jamais.

Il tournait en rond dans sa chambre, donnant des coups de pied dans les rares meubles. Une colère impuissante de prisonnier faisait trembler sa voix :

– C'est une malédiction de la garce !

On le prit presque à la lettre : la garce, par analogie, serait Jezibela. Mais non. La garce c'était la défunte. Ma mère. Mon ex-mère. La panne virile de Vitalício était due au mauvais œil de dona Dordalma.

Avachi dans sa chaise sur la terrasse, mon père requit mes services d'accordeur de silences. C'était la fin de l'après-midi et les ombres couraient s'emparer du monde. Silvestre ressemblait à l'une de ces ombres : saisi sur le vif. Mais il ne tarda pas à se redresser, et d'ordonner d'un geste brusque :

– Viens avec moi à l'étable !

– Qu'est-ce qu'on va faire ?

– Je vais faire, corrigea-t-il. Je vais demander pardon à Jezibela. Pour qu'elle ne soit pas triste, la pauvre, en pensant que c'est sa faute.

Je restai à l'entrée de l'étable, je vis mon père étreindre le cou de l'ânesse et ensuite l'obscurité alentour m'enveloppa. Une effervescence intérieure m'empêchait de regarder. Je brûlais de jalousie à l'égard de Jezibela. À notre retour, un éclair illumina la savane et un énorme fracas nous assourdit. Les pluies de novembre commençaient. Zacaria ne tarderait pas à sortir insulter les dieux.

Cette même nuit, mon père nous ordonna de garder l'étable. Et Zacaria ? demanda-t-on. Pourquoi ne pas commander ce travail à qui de droit ?

– Ce type devient infirme avec l'orage. Allez-y, prenez la lampe.

Jezibela était agitée, elle brayait et ruait. Et les jurons de Zacaria n'y étaient pour rien, à présent qu'il se tenait silencieux dans sa paillote. La raison était autre et notre mission était d'étudier la cause de cette agitation. Ntunzi et moi sortîmes sous l'orage intense. L'ânesse me fixa avec un appel à l'aide presque humain, les oreilles rabattues par la peur. Une lumière intermittente émanait de ses yeux veloutés, comme si l'intérieur de son âme était zébré d'éclairs.

Ntunzi s'assit, ensommeillé, tandis que je calmais la femelle. Elle se rasséréna, adossant son flanc contre mon corps à la recherche d'un soutien réconfortant. J'entendis la polissonnerie chez mon frère :

– Elle se fait toute langoureuse, Mwanito.

– Pas du tout.

– Allez, baise la nana.

– Je n'ai pas entendu.

– Tu as très bien entendu. Allez, débraguette-toi, la nana a envie d'être prise.

– Mais Jezibela a seulement peur.

– C'est toi qui as peur. Allez, Mwanito, baisse ton pantalon, on ne dirait pas que tu es le fils de Silvestre Vitalício.

Ntunzi s'approcha et me poussa, me forçant à m'appuyer contre le dos de l'ânesse, tandis que j'implorais :

– Ne fais pas ça, ne fais pas ça.

Soudain, au milieu des bois, j'entrevis une ombre mouvante, se faufilant, rampante. Je montrai, terrifié :

– Une lionne ! C'est une lionne.

– On s'en va, vite, donne-moi ta lampe…

– Et Jezibela ? On la laisse ici ?

– Qu'elle aille se faire foutre.

On entendit soudain un coup de feu. On aurait plutôt dit un éclair, mais un second coup de feu ne nous laissa plus de doutes. Notre militaire avait bien raison : face au tir, précis ou raté, tout le monde meurt toujours. Certains, parfois, veinards, reviennent d'entre les cendres de la peur. Ce fut ce qui nous arriva. Dans la confusion, Ntunzi buta contre moi et tous les deux, trempés et emberlificotés à terre, guettâmes entre les herbes. Zacaria Kalash avait touché la lionne assaillante.

La féline fit encore quelques pas ivres, comme si la mort était un vertige qui frappe le sol lui-même. Puis elle s'effondra avec une fragilité qui ne seyait pas à son port de reine. À l'instant où la lionne tomba à terre, il s'arrêta de pleuvoir.

Zacaria s'assura qu'elle était réellement morte, puis il s'agenouilla et s'adressa au firmament, demandant que s'étanchât la blessure ouverte en lui par le tir.

Mon père surgit, pressé, sans s'arrêter auprès de nous. Il tourna dans l'enceinte à la recherche de Jezibela et lorsqu'il la trouva, il resta à la consoler.

– La pauvre, elle est toute tremblante. Cette nuit elle va dormir à la maison.

– À la maison ? s'étonna Ntunzi.

– Elle dormira cette nuit et toutes celles qu'il faudra.

Elle n'y dormit que cette nuit-là. Assez pour que Ntunzi déverse sa jalousie quand il s'adressa à moi :

– Toi, qui es son fils, il ne te l'a jamais permis, mais l'ânesse a le droit de dormir à l'intérieur...

Après l'incident, on rapprocha l'étable. Aussitôt la nuit tombée, les feux allumés tout autour protégeaient l'ânesse de la convoitise des prédateurs.

Des semaines passèrent jusqu'à ce que Silvestre se décide à battre le rappel. Nous nous réunîmes à la hâte sur la petite place au crucifix. L'Oncle Aproximado qui avait passé la nuit avec nous attendait également au garde-à-vous à mes côtés. Sourcils froncés, le vieux nous fixa un à un, en nous regardant longuement dans les yeux. Pour finir, il grogna :

– Jezibela est enceinte.

J'eus envie de rire. La seule femelle qui vivait parmi nous avait satisfait à sa nature. Mais le regard glacé de mon vieux tua en moi toute légèreté. La règle sacrée avait été violée : une semence de l'humanité avait fini par triompher et menaçait de fructifier en un animal de Jésusalem.

– C'est comme ça que la putasserie du monde recommence à chaque fois.

– Mais excuse-moi, beau-frère, dit Aproximado, monsieur ne serait-il pas lui-même l'auteur de la plaisanterie ?

– Je prends mes précautions, monsieur le sait bien.

– Qui sait ? Une fois, par accident, dans les chaleurs de la précipitation…

– J'ai dit que c'est pas moi, beugla mon vieux.

La colère le ravageait à tel point que sa bouche écumait de salive ; ses postillons ressemblaient à des météorites quand il s'écria :

– Il n'y a qu'une vérité : elle est enceinte. Et la canaille qui l'a mise enceinte est ici parmi nous.

– Je le jure Silvestre, je n'ai jamais eu un regard pour Jezibela, déclara le militaire Zacaria, poignant.

– Ce n'est peut-être qu'un simple gonflement causé par une maladie ? dit Aproximado, timide.

– C'est une maladie causée par un fils de pute qui a trois grelots entre les jambes, grogna mon vieux.

Je gardai les yeux au sol, incapable d'affronter la passion de mon père pour l'ânesse. La menace répétée nous poursuivit tandis que nous retournions dans la chambre :

– Qui que ce soit : je vais lui arracher les couilles !

Un mois plus tard, Zacaria donna l'alarme : durant toute l'aube, Jezibela avait saigné, se tordant entre braiments et ruades. La première lumière pointait lorsqu'elle se débattit. Elle semblait morte. Finalement, elle n'avait fait qu'expulser son fœtus. Zacaria prit le nouveau candidat à la vie, et le souleva dans ses bras au milieu du sang et des mucosités. Le militaire clama, la voix étranglée :

– Voici le fils de Jésusalem !

En apprenant la nouvelle, nous nous rassemblâmes près de l'étable, entourant l'ânesse encore haletante. Nous voulions voir le nouveau-né dissimulé dans l'épais pelage de sa mère. Nous n'entrâmes même pas dans l'étable : l'arrivée intempestive de notre père reporta notre attente impatiente. Silvestre nous ordonna de nous éloigner, il voulait être le premier à affronter l'intrus. Zacaria se présenta avec la promptitude d'un soldat à la barrière de l'étable :

– Regarde le bébé, Silvestre, tu verras tout de suite qui est le père.

Silvestre pénétra dans l'obscurité et s'y fondit un temps. Il en ressortit changé, son pas pressé révélant un tourbillon dans son âme. À peine notre père avait-il disparu que nous envahîmes précipitamment l'enclos, nous agenouillant auprès de Jezibela. Dès que nos yeux se furent habitués au noir, nous eûmes la confirmation du petit corps velu allongé aux côtés de Jezibela.

Les rayures noires et blanches, bien que mal dessinées, étaient révélatrices : c'était un petit de zèbre. Un quelconque mâle sauvage était venu chez nous et avait convolé avec sa parente éloignée. Ntunzi prit le nouveau-né et le caressa comme si c'était un être humain. Et il lui donna de petits noms tandis qu'il le promenait en le berçant comme une mère. Je n'aurais jamais pensé que mon frère fût capable de telles tendresses : la petite bête profita de ses bras et Ntunzi souriait quand il murmura :

– Eh bien, je te le dis, mon bébé : ton père a donné une grande ruade dans le cœur de mon petit vieux.

Ntunzi lui-même ne savait pas combien il avait raison. Silvestre ne tarda pas en effet à revenir à l'étable, il retira brusquement le bébé des bras qui le tenaient et ordonna avec d'irrémédiables et irréversibles effets :

– Je veux qu'on pende ce sale zèbre par les couilles, tu as entendu Zaca ?

Cette nuit-là, mon père se rendit à l'étable et prit l'ânon-zèbre dans ses bras. Jezibela suivait ses gestes de ses yeux humides, pendant que Silvestre répétait comme un chant grégorien :

– Aïe, Jezi, pourquoi tu m'as fait ça ? Pourquoi ?

Il semblait caresser le nouveau-né. Ses mains ne faisaient en définitive rien d'autre qu'asphyxier la fragile créature, le petit zèbre sang mêlé. Il prit le petit animal déjà sans vie dans ses bras et s'éloigna loin de l'étable. Il l'enterra lui-même près du fleuve. J'épiais ce qui se passait, incapable d'intervenir, incapable de comprendre. Ce terrible événement ferait pour toujours obstacle dans ma raison aux bontés de notre père. Ntunzi n'a jamais su ce qui s'était passé cette nuit-là. Il a toujours cru que le nouveau-né n'avait pas survécu pour des raisons naturelles. La nature sauvage corrigeait les zébrures de l'ânon né dans un espace domestique.

Quand il eut refermé la fosse, Silvestre Vitalício descendit jusqu'au fleuve. Pour se laver les mains, c'est ce que je crus, moi qui le suivais à distance. Soudain, je le vis tomber à genoux. Faiblissait-il, touché par un éclair intérieur ? Je m'approchai avec la volonté de l'aider, mais la peur d'une punition me préserva de sa vue. Ce fut alors que je compris : Silvestre Vitalício priait. Et aujourd'hui encore je frissonne en revenant sur ce moment. Car je ne sais plus si j'invente ou si je me souviens véritablement de sa supplique : "Mon Dieu, protège mes enfants comme tu n'as pas su me protéger moi. Maintenant que je n'ai même plus d'anges, viens à Jésusalem me donner des forces…"

Soudain, mon père s'aperçut de ma présence. Il rectifia sa position soumise, frotta ses genoux et demanda :

– Tu veux me faire peur ?

– J'ai entendu du bruit, papa. Je suis venu voir si vous aviez besoin d'aide.

– Je tâtais la terre : elle est encore sèche. Pourvu qu'il pleuve davantage !

Il parcourut les nuages des yeux, feignant de mesurer des présages de pluie. Puis il soupira et dit :

– Tu sais, mon enfant ? J'ai commis une terrible erreur.

Je crus qu'il allait confesser son crime. Finalement mon père se rachetait, absous par le remords avoué.

– Quelle erreur, mon père ?

– Je n'ai jamais donné de nom à ce fleuve.

C'était là sa confession. Sommaire, sans émotion. Il se redressa et posa sa main sur mon épaule.

– Toi, mon enfant, choisis un nom pour ce fleuve.

– Je ne sais pas, papa. Un nom est une chose trop grande pour moi.

– Alors, je choisis moi : il va s'appeler fleuve Kokwana.

– Je trouve ça joli. Qu'est-ce que ça veut dire ?

– Ça veut dire "grand-père".

Je tressaillis : mon père faiblissait devant l'interdiction d'évoquer les ancêtres ? Et cet instant était si délicat que je ne dis rien de peur qu'il ne fasse marche arrière.

– Ton grand-père paternel priait près des fleuves quand il voulait demander la pluie.

– Et après il pleuvait ?

– Il pleut toujours après. Il faut juste prier très en avance.

Et il ajouta :

– La pluie est un fleuve protégé par les défunts.

Qui sait, le fleuve récemment nommé était peut-être dirigé par mon grand-père paternel ? Qui sait, peut-être que je me sentirais de cette manière beaucoup plus entouré ?

Je retournai dans ma chambre, la veilleuse de mon frère était encore allumée. Ntunzi dessinait ce qui me parut être une nouvelle carte. Il y avait des flèches, des panneaux d'interdictions et des gribouillis indéfinissables semblables aux lettres russes. Au centre de cette carte trônait dans sa sereine certitude un ruban peint en bleu.

– C'est un fleuve ?

– Oui, c'est l'unique fleuve du monde.

Et soudain le papier s'imbiba d'eau et de grosses gouttes tombèrent par terre. Évitant la flaque qui recouvrait le plancher, je m'assis sur le coin de son lit.

Ntunzi me gronda :

– Attention à tes pieds mouillés, tu fais des taches partout.

– Ntunzi, dis-moi : c'est comment un grand-père ?

À ma grande jalousie, Ntunzi avait connu la collection complète des grands-parents. Sans doute par pudeur, il n'en parlait jamais. Ou peut-être craignait-il que mon père ne l'apprenne ? Silvestre Vitalício interdisait les souvenirs. La famille c'était nous, sans personne d'autre. Les Ventura n'avaient ni avant ni après.

– Un grand-père ? demanda Ntunzi.

– Oui, dis-moi comment c'est.

– Un grand-père ou une grand-mère ?

Ça m'était égal. En vérité, ce n'était pas la première fois que je lui posais cette question. Et mon frère ne répondait jamais. Il comptait sur ses doigts comme si l'idée de ces parents naissait de calculs délicats. Il comptait, oui, par inalgorithme.

Cependant, cette nuit-là, Ntunzi dut avoir terminé de compter. Car, alors que j'étais déjà bien installé entre mes draps, il revint lui-même sur le sujet. Il arrondissait un vide entre ses mains avec le soin de qui transporte un oisillon.

– Tu veux savoir comment c'est un grand-père ?

– Je te l'ai toujours demandé, tu ne m'as jamais répondu.

– Toi, Mwanito, tu n'as jamais vu de livre, non ?

Et il m'expliqua comment était façonné cet objet tentateur, le comparant à un grand jeu de cartes.

– Imagine des cartes de la taille d'une main. Un livre est un jeu composé de ces cartes toutes collées du même côté.

Son regard était vague quand, passant sa main sur un jeu de cartes imaginaire, il dit :

– Caresse un livre comme ça et tu sauras comment c'est un grand-père.

Son explication me déçut. L'idée d'un grand-père qui dirigeait des fleuves était beaucoup plus excitante. Nous étions presque endormis quand je me rappelai :

– À propos, Ntunzi, le jeu de cartes est fini.

– Fini comment ? Tu as perdu les cartes ?

– C'est pas ça. Y a plus de place pour écrire.
– Je vais te trouver de quoi écrire. Je te l'apporte demain.

Le lendemain, Ntunzi retira de sa chemise un paquet de feuilles colorées et lança sèchement :

– Tu peux écrire ici.

– Qu'est-ce que c'est ?

– C'est de l'argent. Ce sont des billets.

– Et qu'est-ce que j'en fais ?

– Fais comme avec les cartes, écris sur tout l'espace disponible.

– Et il était où cet argent ?

– Comment est-ce que tu crois que notre oncle réussit à se procurer toutes les choses qu'il nous apporte ?

– Il dit que ce sont des restes qu'il ramasse simplement dans les endroits abandonnés.

– Tu ne sais rien, mon frère. Tu as l'âge d'être trompé, moi l'âge d'être entourloupé.

– Je peux écrire maintenant ?

– Pas maintenant. Cache bien cet argent, que notre père ne nous surprenne pas...

Je dissimulai les billets sous mon drap comme si j'abritais une compagnie pour mon rêve. Quand je fus seul, Ntunzi ronflant déjà, mes doigts tremblèrent en caressant l'argent. Sans savoir pourquoi, je plaçai les feuilles peintes contre mon oreille au cas où j'entendrais des voix. Je faisais comme Zacaria qui écoutait les trous dans la terre. Il y avait peut-être des histoires cachées dans ces billets vieillis, qui sait ?

Cependant, je n'entendis qu'une chose : la peur marteler ma poitrine. Cet argent était le bien le plus secret de mon vieux. Sa présence constituait une preuve fatale de son long mensonge. L'Autre-Côté était finalement vivant et gouvernait les âmes de Jésusalem.

Livre Deux

LA VISITE

Ce qu'on appelle "mourir" c'est achever de naître et ce qu'on appelle "naître" c'est commencer à mourir. "Vivre" c'est mourir en vivant. Nous n'attendons pas la mort : nous vivons perpétuellement avec elle.

Jean Baudrillard

L'apparition

Moi je veux un congé pour dormir,
Pardon – pour me reposer des heures durant,
sans pour le moins rêver
le frêle fétu d'un rêve ténu.

Je veux ce qui avant la vie
fut le sommeil profond des espèces,
la grâce d'un état.
Graine.
Au-delà des racines.

Adélia Prado

Nous ne vivons pas vraiment durant la majeure partie de notre vie. Nous nous consumons dans une longue léthargie, que, pour nous leurrer et nous réconforter nous-mêmes, nous appelons existence. Pour le reste, nous allons vacillants, éclairés seulement par de brèves intermittences.

Une vie entière peut basculer en un seul jour sous l'effet d'une de ces intermittences. Pour moi, Mwanito, ce fut ce jour-là. Cela commença le matin, lorsque je quittai la maison pour affronter les rafales de vent qui soulevaient partout des nuages de poussière. Les tourbillons tournoyaient en danses capricieuses puis s'éteignaient de manière aussi fantasmagorique qu'ils avaient surgi. Les cimes des grands arbres balayaient le sol tandis que de lourdes branches se détachaient, se rompant avec fracas.

– Personne ne sort dans les parages faire un tour…

C'était l'ordre de mon père qui regardait par la fenêtre de sa chambre, martyrisé par l'orage et ses flammes de vent. Rien ne perturbait davantage Silvestre Vitalício que les arbres tordus, les frondaisons ondoyant tels des serpents éthérés.

Désobéissant aux ordres paternels, je m'aventurai dans les sentiers qui reliaient nos quartiers à la grande maison. Et le regrettai aussitôt. La tempête ressemblait à l'insurrection des points cardinaux. Un froid intérieur me parcourut : les craintes de mon vieux seraient-elles fondées ? Que se passait-il ? Le sol était fatigué d'être à terre ? Ou Dieu annonçait-il son arrivée à Jésusalem ?

La main gauche protégeant mon visage, la droite serrant les deux pans de mon vieux manteau, j'avançai dans le sentier jusqu'à ce que je m'arrête devant la résidence hantée. Je demeurai un temps immobile à écouter le sifflement du vent. Ce hurlement me réconforta : j'étais un orphelin et le vent gémissait comme quelqu'un qui rechercherait ses parents perdus.

Même si j'étais mal à l'aise, je savourais cette désobéissance comme une vengeance sur Silvestre Vitalício. Au fond, je désirais que la tornade s'intensifie en punition des délires de notre géniteur. J'eus envie de revenir sur mes pas et de braver le vieux Vitalício devant la fenêtre par laquelle il surveillait les désordres cosmiques.

Entre-temps, les rafales grandirent en fureur. De sorte que la porte de la grande maison s'ouvrit d'elle-même. Pour moi c'était un signe : une main invisible m'invitait à traverser la ligne interdite. Je montai les escaliers qui me faisaient face et regardai la terrasse où des centaines de feuilles pirouettaient dans une danse démente.

Soudain je vis le corps. Un corps humain, étendu par terre. Un tourbillon intérieur m'étourdit. J'ouvris des yeux exorbités, dans l'impatience de vérifier ma première impression. Mais une mer de feuilles m'en voila aussitôt la vue. Mes jambes tremblèrent, incapables de bouger. Je m'étais certainement trompé, ce n'était qu'un mirage. Une autre rafale, les feuilles mortes virevoltant de plus belle et la vision se déployait à nouveau, maintenant plus claire et plus réelle. Le corps s'affermissait, épandu sur la terrasse.

Je me mis à courir, en criant comme un possédé. Soufflant en direction contraire, le vent engloutissait mes cris et ma détresse ne fut perceptible qu'une fois entré dans la maison, essoufflé :

– Une personne ! Une personne morte !

Silvestre et Ntunzi réparaient le manche d'une houe et n'interrompirent pas leur tâche. Mon frère leva les yeux, éteint :

– Une personne ?

Pêle-mêle, je donnai des détails sur l'apparition. Mon père, impavide, commenta à voix basse :

– Putain de vent !

Puis, posant son marteau, il demanda :

– Comment avait-il la langue ?

– La langue ?

– Elle dépassait de sa bouche ?

– Papa : c'était un mort, j'étais loin. Je n'ai vu ni sa bouche ni sa langue.

Je cherchais l'assentiment de Ntunzi, mais il ne disait pas un mot. Cependant, devant ma conviction, mon père ordonna :

– Appelez-moi Zacaria.

Ntunzi sortit en courant. Il ne tarda pas à revenir avec le militaire qui brandissait son éternel fusil. En deux mots, mon père hâta le mouvement :

– Va voir là-bas ce qui n'a pas lieu...

Zacaria se mit au garde-à-vous, claqua les talons, mais n'obéit pas tout de suite. Il marqua une pause pour les autorisations de rigueur :

– Je peux parler ?

– Parle.

– Mwanito n'a pas dû voir l'authentique réalité. C'est une désillusion optique.

– Sans doute, acquiesça Silvestre. Mais c'est peut-être aussi l'un de ces anciens morts de la maison. Une bête quelconque aura traîné le corps jusqu'à la terrasse.

– C'est possible. La nuit dernière des hyènes ont rôdé.

– Eh bien, si c'est ça, enterrez-le. Enterrez le corps, mais jamais sous un arbre.

– Mais tu ne voudras pas savoir qui c'est ?

– Ce mort n'est personne. Avancez le travail, si le vent tombe je me joindrai à vous…

– Peut-être vivait-il ici, à Jésusalem, et nous ne le connaissions pas, prophétisa Ntunzi avec une audace inattendue.

– Tu es dingue ? S'il y a vraiment un corps, il n'est à personne qui soit mort. Il a toujours été mort, déjà né comme ça, sans vie.

– Papa, excusez-moi, mais pour moi…

– Assez ! Je ne veux plus rien entendre. Vous allez creuser le trou et ce corps, ou quoi que ce soit, ira dans la terre.

Moi, Ntunzi et Zacaria suivîmes en file indienne dans un cortège préfunèbre. Nous entendîmes encore la voix de Silvestre, résumant ses conclusions :

– Après, quand le vent cessera, j'irai là-bas me rendre compte.

Le militaire marchait devant nous une pelle dans chaque main. Nous montâmes l'escalier de la grande maison à pas de loup et à mon soulagement la vision s'avéra exacte. Le cadavre gisait à contre-jour, entrecouvert par le feuillage. Une force occulte nous saisit sur le seuil de la porte, jusqu'à ce que Kalash murmure :

– J'y vais !

– N'entre pas, Zaca ! avertit Ntunzi.

– Pourquoi ?

– Je n'aime pas cette lumière.

Et il montra le liseré de soleil qui s'écoulait entre les planches.

Assis sur les marches de l'entrée, Zacaria renifla l'air comme s'il cherchait une odeur suspecte.

– Je ne sens pas la mort, dit-il d'un ton caverneux qui nous fit frissonner.

Et nous regardâmes à nouveau au fond de la terrasse, tentant de déjouer la lumière qui émanait de derrière.

– C'est un homme, assura le militaire.

Le cadavre gisait sur le dos sur le plancher en bois comme dans un cercueil anticipé. On ne voyait pas son visage qui était tourné du côté opposé. Attaché par-derrière, une sorte de chiffon couvrait sa tête.

– On dirait un Noir étranger, dit Zaca.

– Comment tu le sais ?

Le corps n'embrassait pas le sol comme font les cadavres indigènes. Ces os ne recherchaient pas un autre ventre dans la terre. Il y avait, c'est clair, le détail des bottes. Jamais Zacaria n'en avait vu de pareilles.

– Maintenant, on dirait un Blanc, affirma Zaca qui regardait toujours depuis l'escalier. Je crois que l'âme du type s'est déjà mise à perdre son écorce.

Et il nous ordonna d'ouvrir d'abord la sépulture. Une fois le trou creusé, on retournerait récupérer le mort. Entre-temps, la lumière de la terrasse aurait changé et nous ne serions plus le jouet des mauvais esprits.

Et nous nous mîmes à piocher, nos pelles ouvrant l'ultime demeure de l'étranger. Mais voilà : le trou ne fut jamais prêt. Dès que nous touchions le fond, le sable soufflé par le vent recouvrait complètement la fosse. Et cela arriva une fois, deux fois, trois fois. À la troisième fois, Zacaria jeta sa pelle par terre comme si une guêpe l'avait piqué et s'écria :

– Je n'aime pas ça. Les enfants, venez par ici, vite.

Et il nous chassa à l'ombre d'un *mafura**. Il retira de sa poche un chiffon blanc qu'il attacha à un tronc. Ses mains tremblaient tellement que ce fut Ntunzi qui parla :

– Je sais à quoi tu penses, Zaca. J'éprouve aussi la même chose.

---

* *Trichilia emetica*, arbre très répandu dans toute l'Afrique tropicale. Du beurre et de l'huile sont fabriqués à partir de ses graines. *(NdT)*

Et, se tournant vers moi, il dit :

– C'est ce qui s'est passé aux funérailles de maman.

– C'est le même sortilège, conclut Zacaria.

Et ils me racontèrent alors ce qui s'était produit le jour de l'enterrement de ma mère. "Enterrer" n'est qu'une façon de parler. En fin de compte, la terre n'est jamais suffisante pour enterrer une mère.

– Je ne veux pas de fossoyeur.

Tel fut l'ordre que Silvestre cria pour être entendu par-dessus le vent. La poussière blessa ses yeux. Pourtant, il ne cilla pas. Les larmes le protégeaient.

– Je ne veux pas de fossoyeur. C'est mon fils et moi qui creuserons la fosse, c'est nous qui l'enterrerons.

Mais la fosse commencée ne fut jamais terminée. Mon père et Ntunzi essayèrent plusieurs fois de suite, en vain. À peine avaient-ils creusé un trou qu'il se recouvrait de sable. Kalash et Aproximado se joignirent à eux, mais le résultat fut le même : la poussière, soufflée par la fureur du vent, le remplissait aussitôt. Les fossoyeurs durent achever le travail en ouvrant et en fermant la sépulture.

Aujourd'hui, huit ans plus tard, la terre refusait à nouveau d'ouvrir son ventre pour recevoir un corps.

– Que personne ne parle ! décréta Zacaria Kalash. J'entends des bruits.

Avec mille précautions, l'adjudant s'approcha de la terrasse. Il scruta entre les planches et tourna ensuite vers nous son visage étonné. Là où auparavant gisait le corps, il ne restait pas la moindre trace.

– Le mort n'est plus là, il n'est nulle part, répétait Zacaria en sourdine.

Le vent était tombé. Cependant, des feuilles mortes tourbillonnaient, soulignant le vide.

– Je vais chercher une arme, dit Zaca. Et il partit en courant par les sentiers.

Peu à peu, un nouvel état d'esprit me gagna, ramenant ma crainte à un calme distant. Je regardai Ntunzi qui tremblait comme un roseau et, à sa stupeur, je me mis à marcher fermement en direction de la grande maison.

– Tu es fou, Mwanito ? Où tu vas ?

En silence, je montai à la terrasse et tâtai prudemment les vieilles planches afin qu'elles ne cèdent pas et ne précipitent mon corps à la rencontre du mort disparu. Je tournai dans l'enceinte à la recherche d'une trace, jusqu'à ce que je me décide à frapper à la porte de la maison. Mon frère demanda d'une voix tremblante :

– Tu attends que le défunt vienne t'ouvrir la porte ?

– Pas si fort.

– Tu es fou, Mwanito. Je vais appeler papa, dit Ntunzi en tournant les talons et en se retirant brusquement.

Moi je restai seul face à l'abîme. Lentement, j'ouvris la porte et examinai l'entrée. C'était une vaste pièce vide, à l'odeur du temps conservé. Tandis que je m'habituais à la pénombre, je pensai : comment, au long de tant d'années d'enfance, n'avais-je jamais eu la curiosité d'explorer cet endroit interdit ? La raison, c'est que je n'avais jamais exercé ma propre enfance, mon père m'avait vieilli dès la naissance.

Ce fut alors que survint l'apparition : une femme émergea surgie du néant. Une faille s'ouvrit à mes pieds et un fleuve de fumée m'embruma. À la vue de cette créature, le monde déborda soudain des frontières que je connaissais si bien.

À la dérobée, les yeux mi-clos, j'affrontai l'intruse. Elle était blanche, grande et habillée comme un homme, avec un pantalon, une chemise et des bottes hautes. Ses cheveux étaient lisses, à moitié dissimulés sous un foulard, celui-là même que nous avions vu sur la tête du défunt présumé. Des bottes également semblables. Son nez et ses lèvres étaient mal dessinés et, conjugués aux nuances de sa peau, lui donnaient un air de déterrée.

J'eus envie de fuir, mais mes jambes étaient des racines séculaires. Sans bouger la tête, mes yeux parcoururent la rue floue à la recherche de secours. Rien. On ne distinguait ni Ntunzi ni Zacaria et seule une brume recouvrait le paysage alentour. Pris de vertige, je sentis une larme peser davantage que mon corps lui-même. J'entendis alors les premiers mots de la femme :

– Tu pleures ?

Je secouai la tête avec énergie. Avouer ma fragilité, pensai-je, ne ferait qu'encourager les intentions diaboliques de l'apparition.

– Que cherches-tu, mon garçon ?

– Moi ? Rien.

Je parlai ? Ou les mots sortirent-ils de moi sans que je m'en aperçoive ? Parce que je me trouvai totalement désemparé, pieds nus sur des charbons ardents. Inopinément, je ne savais plus vivre, la Vie s'était muée en une langue inconnue.

– Qu'est-ce qui se passe, tu as peur de moi ?

La voix tendre et douce ne fit qu'aggraver mon état d'irréalité. Je passai la main sur mes yeux, corrigeant mes larmes, et levai ensuite lentement le visage pour jauger la créature. Mais toujours à la dérobée, de crainte que sa vue ne m'arrache les yeux pour toujours.

– C'était toi qui creusais une fosse dans le potager tout à l'heure ?

– Oui. Moi avec d'autres. On était nombreux.

– J'ai entendu des voix et j'ai regardé. Tu creusais une fosse pour quoi ?

– Pour personne. C'est-à-dire, pour rien.

Mes yeux se posèrent à nouveau sur la terrasse, dans l'empressement de découvrir ce qui était arrivé au cadavre. Par terre nul indice qu'il ait été traîné, les feuilles étaient éparpillées sans la moindre trace. L'intruse passa à côté de moi, je sentis pour la première fois la douceur d'un parfum féminin. Et elle s'éloigna en direction de la sortie. Je remarquai la manière dont elle se déplaçait, gracieuse, sans les déhanchements caricaturaux avec lesquels Ntunzi avait représenté les créatures femelles.

– Excusez-moi, vous êtes vraiment une femme ?

L'intruse leva les yeux, blessés par une douleur ancienne. Elle prit le temps d'un nuage, ôta une tristesse et demanda :

– Pourquoi ? Je n'ai pas l'air femme ?

– Je ne sais pas. Je n'en ai jamais vu aucune auparavant.

C'était la première femme et avec elle le sol s'évaporait. Les années passèrent, j'eus des amours et des passions pour les femmes, et à chaque fois que je les aimai, le monde se déroba à nouveau sous mes pieds. Cette première rencontre marqua profondément en moi leur mystérieux pouvoir.

Sentant mes forces revenir, je m'élançai dans les bois comme une gazelle. La femme blanche, intriguée, resta à la porte à me regarder. Je me retournai encore avec l'espoir qu'elle se fût évanouie, désirant que tout cela n'ait été guère plus qu'un délire.

Quand je me réfugiai à la maison, mon cœur battait tout entier dans ma poitrine au point de ne presque pas articuler de mot en trouvant Ntunzi :

– Ntunzi, tu... tu ne vas pas me croire.

– J'ai vu, dit-il, aussi bouleversé que moi.

– Tu as vu quoi ?

– La femme blanche.

– Tu l'as vraiment vue ?

– On ne peut rien dire à notre père.

Cette même nuit ma mère me rendit visite. Elle m'apparut en rêve toujours sans visage, mais avec une voix désormais. Et cette voix était celle de l'apparition avec ses inflexions et ses douceurs. Je me réveillai ensommeillé, tant le rêve était réel. J'entendis des pas dans la chambre : Ntunzi ne parvenait pas à dormir. Des visitations nocturnes l'avaient assailli lui aussi.

– Ntunzinho, dis-moi : notre mère ressemblait à ça ?
– Non.
– Tu n'arrivais pas à dormir pourquoi, Ntunzi ?
– J'ai souffert de rêves.
– Toi aussi, tu rêvais de maman ?
– Tu te souviens de l'histoire de cette fille qui perdit son visage quand j'en suis tombé amoureux ?
– Je me souviens. Et qu'est-ce qu'il y a ?
– Son visage m'est apparu en rêve.

Des voix à l'extérieur nous firent taire. Nous nous précipitâmes à la fenêtre. C'était Zacaria qui parlait avec notre père. On devinait à ses gestes que le militaire lui relatait l'apparition. Et nous sommes restés là à guetter, voyant le subordonné Zacaria gesticuler dans une vive représentation ce qui s'était passé dans la maison hantée. Le visage de mon père se transfigurait, éberlué : on nous rendait visite, la terre et les cieux tremblaient à Jésusalem.

Brusquement, Silvestre se leva et se dissipa dans la nuit. Nous le suivîmes à distance, curieux de découvrir ce qui passait par la tête de cet homme qui avançait dans le terrain comme un animal blessé. Silvestre se rendit directement au camion et secoua Aproximado qui somnolait sur le siège avant. De but en blanc :

– Que vient faire ici cette Blanche ?
– Il n'y a pas qu'elle qui est arrivée. Pourquoi tu ne me demandes pas ce que je suis venu faire ici ?

Assailli par l'émotion, mon père convoqua Kalash d'un signe. On aurait dit que Silvestre allait lui chuchoter quelque chose, mais aucun mot ne sortit de sa bouche. Soudain, il se mit à donner des coups de pied à Aproximado tandis que le militaire tentait en vain d'empêcher que notre oncle ne fût touché. Et tous trois restèrent là à tourner comme les pales brisées d'un moulin à vent. Pour finir, fatigué, mon père s'appuya contre l'avant de la voiture et respira profondément comme s'il voulait réintégrer son âme. Sa voix était celle du Christ en croix quand il demanda :

– Pourquoi tu m'as trahi Aproximado ? Pourquoi ?

– Je n'ai pas de contrat avec toi.

– On n'est pas de la famille ?

– Ça, je te le demande.

Ce fut le mot de trop. Aproximado avait franchi la limite. Mon père demeura silencieux, haletant comme Jezibela après le trot. Et ainsi, à demi transi, il contempla Aproximado qui déchargeait du camion une panoplie de brimborions : des jumelles, de puissantes torches qui trouaient la nuit, des appareils photo, des parasols et des trépieds.

– Qu'est-ce que c'est que ça ? Une invasion ?

– Rien de trop. La dame aime photographier les hérons.

– Et en plus tu me réponds "rien de trop" ? Quelqu'un est-il sur terre pour photographier des hérons ?

Ce n'était qu'un prétexte supplémentaire à son mal-être. En vérité, la présence même de la Portugaise était une intrusion insupportable. Une seule personne – une femme par-dessus le marché – ruinait toute la nation de Jésusalem. En quelques instants, la laborieuse construction de Silvestre Vitalício volait en éclats. Finalement, il existait bien dehors un monde vivant et l'un de ses envoyés s'était installé au cœur de son royaume. Il n'y avait pas de temps à perdre : qu'Aproximado remballe tout et reconduise l'intruse.

– Toi, beau-frère, emmène-moi cette nana d'ici !

Aproximado sourit, confus et stupide : il faisait ça quand il ne trouvait plus ses mots. Il balança son corps dans sa salopette, prenant courage pour un argument :

– Mon cher Silvestre : nous ne sommes pas propriétaires.

– Nous ne sommes pas quoi ? Eh bien je suis très propriétaire de tout ça, je suis la seule entité existant dans tout ce paysage.

– Je ne sais pas, je ne sais pas… Tu vois bien que, si ça se trouve, c'est nous qui devrons partir d'ici ?

– Comment ça ?

– Les maisons qu'on occupe sont la propriété de l'État.

– Quel État ? Je ne vois ici aucun État.

– L'État ne se voit jamais, beau-frère.

– C'est pour ça et pour d'autres choses que j'ai filé de ce monde où l'État ne se voit jamais, mais se pointe toujours pour prendre nos biens.

– Tu peux vitupérer, Silvestre Vitalício, mais tu es ici de façon indue…

– C'est la pute qui t'a pondu qui est indue …

Sa colère était telle que sa voix se rompit, elle s'érailla comme un chiffon se déchirant en deux. On ne l'avait jamais entendu dans de tels timbres. Mon père fit quelques pas en direction de la maison de l'administration et se mit à hurler :

– Putain ! Putain de merde !

Il projetait son corps comme si les mots étaient des pierres qu'il jetait :

– Va-t'en d'ici, sale pute !

Le voir s'escrimer ainsi dans le vide me fit de la peine. Mon père voulait enfermer le monde à l'extérieur de lui. Mais il n'y avait pas de porte avec laquelle se barricader de l'intérieur.

C'était l'aube quand mon vieux me secoua dans mon lit et me murmura, penché sur mon oreiller :

– J'ai une mission pour toi, mon enfant.

– Une quoi, père ? demandai-je encore endormi.

– Une mission d'espionnage, ajouta-t-il.

La tâche était simple et me fut expliquée en deux traits : j'irai à la grande maison et passerai au crible la chambre de la Portugaise. Silvestre Vitalício voulait trouver des pistes susceptibles de révéler les desseins secrets de la visiteuse. Ntunzi se chargerait de distraire la Portugaise en la maintenant loin de la maison. Et que je n'aie peur ni des ombres ni des fantômes. La Portugaise avait déjà fait fuir les âmes en peine. Les fantômes nationaux ne s'entendent pas bien avec les étrangers, assura-t-il.

Plus tard, au milieu de la matinée, les biens de la Portugaise se dévoilaient entre mes mains tremblantes. Durant des heures, je parcourus, des yeux et des doigts, les papiers de Marta. Chaque feuille fut une aile où je prenais davantage de vertige que de hauteur.

Les papiers de la femme

Ce qu'aime la mémoire, est éternel.
Je t'aime avec la mémoire, impérissable.
Adélia Prado

Je suis femme, je suis Marta et je ne peux qu'écrire. Finalement, ton absence est peut-être bienvenue. Parce que, sans elle, je ne pourrais jamais t'atteindre. J'ai cessé de posséder ma propre voix. Si tu venais maintenant, Marcelo, je resterais sans voix. Ma voix a migré dans un corps qui ne m'appartient plus. Et lorsque je m'écoute, je ne me reconnais pas moi-même. En matière amoureuse, je ne peux qu'écrire. Ça ne date pas d'aujourd'hui, j'ai toujours été comme ça, même lorsque tu étais là.

Et j'écris comme les oiseaux rédigent leur vol : sans papier, sans calligraphie, uniquement avec de la lumière et de la saudade. Des mots qui, tout en étant miens, ne m'ont jamais habitée. J'écris sans avoir rien à dire. Car je ne sais que te dire sur ce que nous avons été. Et n'ai rien à te dire sur ce que nous serons. Parce que je suis comme les habitants de Jésusalem. Je n'ai ni regrets ni mémoire : mon ventre n'a jamais engendré la vie, mon sang ne s'est pas ouvert à un autre corps. C'est ainsi que je vieillis : évaporée en moi, voile oublié sur un banc d'église.

Je n'ai aimé que toi, Marcelo. Cette fidélité m'a conduite au plus pénible des exils : cet amour m'a éloignée de la possibilité d'aimer. Maintenant, parmi tous les noms, il ne me reste que ton nom. À lui seul je peux demander ce qu'auparavant je te demandais à toi : qu'il me fasse naître. Parce que j'ai tant besoin de naître ! De naître autre, loin de moi, loin de mon époque. Je suis épuisée, Marcelo. Épuisée, mais pas vide. La vacuité implique un dedans. Et j'ai perdu mon intériorité.

Pourquoi ne m'as-tu jamais écrit ? Ce n'est pas te lire qui me fait le plus cruellement défaut. C'est le son du couteau déchirant l'enveloppe qui contiendrait ta lettre. C'est sentir mon âme de nouveau caressée, comme si quelque part on coupait un cordon ombilical. Erreur de ma part : il n'y a ni couteau ni lettre. Accouchement de rien ni de personne.

Tu vois comme je deviens toute petite lorsque je t'écris ? Voilà pourquoi je ne pourrais jamais être poète. Le poète sort grandi de l'absence, comme si l'absence était son autel et qu'il devenait plus grand que le mot. Pas dans mon cas, l'absence me laisse submergée, privée de moi-même.

C'est mon dilemme : lorsque tu es là, je n'existe pas, ignorée. Lorsque tu n'es pas là, je ne me reconnais pas, ignorante. Je n'existe qu'en ta présence. Et ne m'appartiens qu'en ton absence. Maintenant, je sais. Je ne suis qu'un nom. Un nom qui ne s'allume que dans ta bouche.

Ce matin, j'ai contemplé le brûlis de loin. De l'autre côté du fleuve, des étendues immenses se consumaient en un clin d'œil. Ce n'était pas la terre se muant en flammes mais l'air lui-même qui brûlait, le ciel tout entier était dévoré par les démons.

Plus tard, une fois les flammes apaisées, il ne restait plus qu'une mer de cendre noire. En l'absence de vent, des particules flottaient comme des libellules noires sur le *capinzal** carbonisé. Cela aurait pu être un décor de fin du monde. Pour

* Champ recouvert de *capim* : herbes hautes de la famille des graminées et des cypéracées. *(NdT)*

moi, c'était le contraire : c'était la Terre accouchant. J'ai eu envie de crier ton nom :

– Marcelo !

Ce cri, mon cri, s'entendrait de loin. En définitive, dans cet endroit, même le silence résonne. S'il existe un lieu où je puisse renaître c'est ici, là où l'instant le plus bref me rassasie. Je suis comme la savane : je brûle pour vivre. Et meurs noyée par ma propre soif.

– Qu'est-ce que c'est ?

Lors du dernier arrêt avant d'arriver à Jésusalem, Orlando (que je dois m'habituer à appeler Aproximado) m'a demandé en montrant mon nom sur la couverture de mon journal :

– Qu'est-ce que c'est ça ?

– Celle-là, ai-je corrigé. Celle-là, c'est moi.

J'aurais dû dire : ceci est mon nom, écrit sur la couverture de mon journal. Mais non. J'ai dit que c'était moi comme si tout mon corps et toute ma vie se réduisaient à cinq lettres. C'est ça que je suis, Marcelo : je suis un mot, la nuit tu m'écris, le jour tu m'effaces. Chaque jour est une feuille que tu déchires, je suis le papier qui attend ta main, la lettre qui attend la caresse de tes yeux.

À Jésusalem, ce qui m'a tout de suite impressionnée, c'est l'absence d'électricité. Jamais auparavant je n'avais senti la nuit, jamais elle ne m'avait étreinte, étreinte du dedans jusqu'à être moi-même la nuit.

Cette nuit, je m'assois sur la terrasse sous le ciel étoilé. Sous le ciel, non. Plutôt parmi le ciel. Le firmament est à portée de ma main, je respire lentement de peur de déranger les constellations.

L'odeur du pétrole qui brûle dans la lampe est la seule ancre qui m'arrime au sol. Tout le reste est fait de vapeurs indéchiffrables, d'odeurs inconnues, des anges qui tournoient autour de moi.

Rien n'est antérieur à moi, j'inaugure le monde, les lumières, les ombres. Plus que cela : je fonde les mots. C'est moi qui les étrenne, créatrice de ma propre langue.

Tout ça, Marcelo, me rappelle nos nuits à Lisbonne. Tu me regardais tandis que, sur le lit, j'enduisais mon corps de crèmes de beauté. Il y en avait trop, te plaignais-tu : une lotion pour le visage, le cou, les mains, le contour des yeux. On les a inventées comme si chaque partie de mon corps existait séparément et qu'elles alimentaient leur beauté respective. Pour les marchands de cosmétiques, il ne suffit plus que chaque femme ait son corps. Chacune de nous en a plusieurs qui existent dans une fédération autonome. C'était ce que tu disais en tentant de me dissuader.

Hantée par la peur de vieillir, j'ai laissé vieillir notre relation. Occupée à me faire belle, j'ai laissé fuir la véritable beauté qui réside uniquement dans le regard qui dénude. Le drap a refroidi, le lit s'est recouvert d'infortune. Voilà la différence : la femme que tu as rencontrée là en Afrique n'est belle que pour toi. J'étais belle pour moi, autrement dit : pour personne.

C'est cela que ces Noires possèdent que nous n'aurons jamais : elles sont toujours le corps tout entier. Elles habitent chaque parcelle de leur corps. Tout leur corps est femme, tout leur temps est féminin. Et nous, les Blanches, nous vivons dans une étrange transhumance : tantôt âme tantôt corps. Nous accédons au péché pour échapper à l'enfer. Nous aspirons à l'aile du désir pour retomber ensuite sous le poids de la faute.

Depuis que je suis arrivée ici, j'ai subitement cessé de vouloir te retrouver. Étrange sentiment, moi qui avais tant voyagé en rêvant de te reconquérir. Mais en route pour l'Afrique, ce rêve a fait volte-face. Peut-être avais-je attendu trop longtemps. Durant cette attente, j'ai appris à aimer la saudade. Je me souviens des vers du poète qui disaient "je suis venu au monde pour avoir du regret". Comme si seule l'absence me peuplait intérieurement. À l'image de ces maisons qui ne s'éprouvent que vides. Comme celle que j'habite maintenant.

La douleur d'un fruit déjà tombé, c'est ça que je ressens. L'annonce de la semence, c'est ça que j'attends. Comme tu vois, je m'apprends arbre et sol, temps et éternité.

– Tu ressembles à la Terre. C'est là ta beauté.

C'est ce que tu disais. Et lorsque nous nous embrassions, que le souffle me manquait et qu'entre deux soupirs je demandais : quel jour es-tu né ? Tu me répondais, la voix tremblante : je nais maintenant. Et ta main remontait entre mes jambes et je demandais à nouveau : où es-tu né ? Et toi, presque sans voix, tu répondais : je nais en toi mon amour. C'est ce que tu disais. Tu étais un poète, Marcelo. J'étais ta poésie. Et lorsque tu m'écrivais, ce que tu me racontais était si beau que je me déshabillais pour lire tes lettres. Je ne pouvais te lire que nue. Car ce n'étaient pas mes yeux qui t'accueillaient mais mon corps tout entier, ligne par ligne, par tous les pores de ma peau.

Quand, toujours en ville, Aproximado m'a demandé qui j'étais, j'ai eu la sensation d'avoir parlé toute la nuit. J'ai tout raconté sur nous, presque tout sur toi, Marcelo. Parvenue à un certain point, peut-être par fatigue, j'ai réalisé que mon propre récit m'étonnait moi-même. Les secrets ont ceci de fascinant qu'ils sont faits pour être dévoilés. Je les ai dévoilés car je ne supporte plus de vivre sans fascination.

– Vous savez, dona Marta : le voyage jusqu'à la réserve est très dangereux.

Je n'ai pas répondu mais, à vrai dire, voyager ne m'intéressait que pour traverser des enfers, passer mon âme par les flammes.

– Parlez de ce Marcelo. Votre mari.

– Mari ?

J'y suis habituée : les femmes s'expliquent à elles-mêmes en parlant de leurs hommes. Eh bien, c'est toi, Marcelo, qui m'as expliquée aux autres et tes mots m'ont transformée en une simple créature qui tient dans la voix d'un seul homme.

– L'année dernière Marcelo a fait un voyage en Afrique.

Il est rentré comme celui qui tout entier s'illusionne d'avoir vécu dans un endroit : en pérégrination de saudade. Il est resté ici un mois et en est revenu étrange. Peut-être est-ce les retrouvailles avec la terre qui l'ont ébranlé. Il avait combattu comme soldat au Mozambique des années auparavant. Il croyait qu'on l'avait envoyé tuer en terre étrangère. Mais il l'avait été pour tuer une terre lointaine. Dans cette opération mortelle, Marcelo a fini par naître autre. Quinze ans plus tard, c'était cette naissance et non la terre qu'il voulait revoir. J'ai insisté pour qu'il n'y aille pas. Je voyais ce voyage avec un étrange pressentiment. Aucune mémoire ne peut être visitée. Plus grave : il y a des souvenirs qu'on ne retrouve que dans la mort.

J'ai parlé de tout ça, Marcelo, parce que tout ça me fait souffrir comme un ongle qui pousse de travers. J'ai besoin de parler, de ronger cet ongle jusqu'à la moelle. Tu ne sais pas combien tu m'as fait mourir, Marcelo. Parce que tu es revenu d'Afrique, mais une partie de toi n'est jamais revenue. Tous les jours, tu quittais la maison tôt le matin et déambulais dans les rues comme si tu ne reconnaissais plus rien de ta ville.

– Cette ville n'est plus à moi ?

C'est ce que tu disais. Une terre nous appartient comme peut nous appartenir une personne : sans que nous la possédions jamais. Quelques jours après ton retour, j'ai trouvé une photographie au fond de ton tiroir. C'était la photo d'une femme noire. Jeune, belle, des yeux profonds défiant l'appareil. Au dos de la photo, il y avait des annotations en minuscules : un numéro de téléphone. Écrit ainsi en miniature, il ressemblait à une rature. Mais c'était un abîme auquel je revenais pour tomber à tout moment.

Ma première impulsion a été de téléphoner. J'ai reconsidéré la chose. Que devrais-je dire ? Est survenue, incontrôlée, la furie. J'ai retourné la photo comme on retournerait un cadavre dont on ne veut pas voir le visage.

– Traître, je veux que tu meures du sida et avec des poux.

Je voulais te maltraiter, Marcelo, je voulais te faire emprisonner. Afin de t'enchaîner à ma colère. Peu importait qu'il y ait ou non amour. Les nuits suivantes, mon attente a été une interminable insomnie. J'ai attendu que tu viennes pour te parler, mais tu es arrivé beaucoup trop vide pour écouter. Tu serais moins fatigué le lendemain. Mais ce jour-là tu m'as téléphoné de l'aéroport pour me dire que tu repartais au Mozambique. Pour la première fois, ma voix elle-même m'était étrangère. Et je t'ai dit : "Oui, dors..." Seulement ça. Quand, en définitive j'aurais aimé t'avoir dit : "Dors avec tes Noires une bonne fois pour toutes..." Mon Dieu, comme j'ai honte de ma colère, de la façon dont elle m'a rendue mesquine.

Je suis restée à Lisbonne, consumée par la partie de moi qui était partie avec toi. Triste ironie, c'est ta maîtresse qui m'a tenu compagnie en ton absence. Sur la table de nuit, la photographie de cette autre femme me fixait. Et toutes les deux, nous nous regardions jour et nuit, comme si un lien invisible nous unissait depuis toujours. Parfois, je lui murmurais ma décision :

– Je vais le rejoindre...

La maîtresse noire me conseillait alors : "N'y va pas !" Laisse-le s'enfoncer tout seul dans la fange. Je me suis convaincue de l'irréparable : mon mari avait disparu pour toujours, victime d'un acte de cannibalisme. Comme c'était arrivé aux voyageurs qui partaient pour l'Afrique sauvage, Marcelo avait été dévoré. Englouti par une bouche immense, une bouche de la taille d'un continent. Dégluti par d'anciens mystères. Désormais, il n'y a plus de sauvages mais des indigènes. Et les indigènes peuvent être beaux. Belles surtout. Cette beauté naît de leur ancienne sauvagerie. C'est une beauté sauvage. Les hommes blancs, jadis bourreaux qui craignaient d'être dévorés, veulent aujourd'hui être absorbés, ingurgités par la beauté noire.

Voilà ce que ta maîtresse me disait. Combien de fois je me suis endormie avec la photographie de cette rivale qui bordait mon sommeil. Marmonnant chaque fois entre mes dents : maudites femmes ! Sans pour autant me résigner à l'injustice de mon sort. Pendant des années, je m'étais consacrée au maquillage, au régime, à la gymnastique. J'avais cru que c'était la manière de continuer à te plaire. Je ne comprends que maintenant que la séduction est ailleurs. Sans doute dans le regard. Et mon regard de braise s'était depuis longtemps émoussé.

À contempler le brûlis dans la savane, une nostalgie de cet échange incandescent, reflet de mon éblouissement en Marcelo, m'a gagnée. Éblouir, comme le mot l'implique, devrait aveugler, ôter la lumière. Et finalement, j'aspirais maintenant à un obscurcissement. Je le savais, cette hallucination que j'avais éprouvée une fois rendait dépendante comme la morphine. L'amour est une morphine. On pourrait le commercialiser sous vide sous le nom : Amorphine.

Les revues dites "féminines" vendent des recettes, des secrets et des techniques pour aimer plus et mieux. Des trucs pour baiser. Au début, je me suis embarquée dans cette illusion. Je voulais reconquérir Marcelo et j'étais ouverte à n'importe quelle superstition. Aujourd'hui je sais : de l'amour, seul le non-savoir m'intéresse, laisser son corps hors de l'esprit, en relaxe absolue. Femme qu'en apparence. Sous le geste : animal, bête sauvage, lave.

Le ciel tout entier me rappelle Marcelo. Il me disait "je vais compter les étoiles" et il touchait chacune de mes taches de rousseur. Son doigt ponctuait mes épaules, mon dos, ma poitrine. Mon corps était le ciel de Marcelo. Et je n'ai pas su m'envoler, m'abandonner dans la torpeur à cette énumération d'étoiles. Je ne me suis jamais sentie à l'aise avec le sexe. C'était, disons, un territoire étranger, une langue inconnue. Ma timidité était plus qu'une simple honte. J'étais une traductrice sourde, incapable de muer en geste le désir qui s'exprimait à l'intérieur de moi. J'étais la dent cariée dans une bouche de vampire.

Et je retourne à ma table de nuit pour regarder en face le visage de sa maîtresse noire. C'est ce regard-là qui, lorsque la photo a été prise, a plongé dans les yeux de mon mari. Un regard lumineux comme la lumière à l'entrée d'une maison. Peut-être était-ce ça un regard éblouissant, peut-être était-ce ça que Marcelo avait toujours désiré. Ce ne serait pas le sexe, en définitive. Mais de se sentir désiré, même dans un bref simulacre.

Sous le ciel africain, je redeviens femme. La terre, la vie, l'eau sont de sexe féminin. Pas le ciel, le ciel est masculin. Je sens que le ciel me touche de tous ses doigts. Je m'endors sous la caresse de Marcelo. Et j'entends, au loin, les accords brésiliens de Chico César : "*Se você olha para mim eu me derreto suave, neve num vulcão...**"

Je veux habiter dans une ville où on rêve de pluie. Dans un monde où la pluie est le plus grand bonheur. Et où on pleut tous.

Cette nuit j'ai accompli mon rituel : je me suis déshabillée entièrement pour lire les vieilles lettres de Marcelo. Mon

* "Si tu me regardes je fonds doucement, neige dans un volcan..." Paroles de *Templo*, célèbre chanson de Chico César. *(NdT)*

amour écrivait si profondément qu'au cours de ma lecture, je sentais son bras frôler mon corps, comme si ma robe s'ouvrait et que mes vêtements échouaient à mes pieds.

– Tu es un poète, Marcelo.

– Ne dis plus ça.

– Et pourquoi ?

– La poésie est une maladie mortelle.

Marcelo s'endormait aussitôt après l'amour. Il pliait son oreiller entre ses jambes et sombrait dans le sommeil. Je restais seule, éveillée, à ruminer le temps. Au début, je voyais dans l'attitude de Marcelo le signe d'un égoïsme insupportable. Ensuite, bien plus tard, j'ai compris. Les hommes ne regardent pas les femmes qu'ils viennent d'aimer parce qu'ils ont peur. Ils ont peur de ce qu'ils peuvent trouver au fond de leurs yeux.

Ordre d'expulsion

Je n'ai plus peur de moi-même. Adieu.
Adélia Prado

Les papiers de Marta me brûlaient les mains. Je les rangeai de sorte qu'on ne comprenne pas que j'avais violé l'intimité qu'ils recelaient. Je retournai chez moi l'âme pesante. Nous craignons Dieu parce qu'il existe. Nous avons encore plus peur du démon parce qu'il n'existe pas. Ce qui m'effrayait davantage sur le moment, ce n'était ni Dieu ni le démon. Je m'inquiétais, oui, de la réaction de Silvestre Vitalício quand je lui dirais que je n'avais rien trouvé dans la chambre de la Portugaise hormis quelques lettres d'amour. Mon vieux était là, à la porte du campement, les mains sur les hanches, la voix chargée d'anxiété :

– Rapport ! Je veux un rapport. Qu'est-ce que tu as trouvé dans les affaires de la *tuga** ?

– Rien que des papiers. Uniquement.

– Et que disaient-ils ?

– Vous oubliez que je ne sais pas lire ?

– Tu as rapporté certains de ces papiers avec toi ?

– Non. La prochaine fois…

Il ne me laissa pas terminer. Il quitta la cuisine pour revenir l'instant d'après en tirant Ntunzi par un bras.

– Allez tous les deux chez la Portugaise et transmettez-lui mon ordre.

---

* Désigne à l'origine un soldat de l'armée portugaise, par extension un Portugais ou n'importe quel individu blanc. *(NdT)*

– Quel ordre, papa ? demanda Ntunzi.

– Tu oses le demander ?

Que nous la sommions de retourner en ville. Que nous soyons brefs, grossiers. La *tuga* devait recevoir le message sans demi-mesure.

– Je veux cette femme loin, dehors et sans retour.

Je regardai Ntunzi, immobile comme s'il l'honorait. Intérieurement, il devait bouillir de contrariété. Mais il ne dit rien, n'objecta rien. Nous restâmes ainsi, attendant que Silvestre recouvre la parole. Le silence de mon père nous maintenait tous deux silencieux et ce fut ainsi, humbles et annihilés, que nous nous mîmes en route vers la maison hantée. À mi-chemin, je demandai :

– Tu vas renvoyer la Portugaise ? Comment tu vas lui dire ?

Ntunzi fit non de la tête, abattu. Les deux pôles de l'impossible se touchaient en lui : il ne pouvait pas obéir, il était incapable de transgresser. Pour finir, il dit :

– Va lui parler toi.

Et il tourna le dos. Je poursuivis, compassé comme dans une marche funèbre, en direction de la grande maison. Je trouvai l'intruse assise dans les escaliers avec un sac à ses pieds. Elle me salua affectueusement et fixa les cieux comme si elle s'apprêtait à s'envoler. J'espérais l'entendre dire des choses avec cette douceur qui m'avait visité en rêve. Néanmoins, elle demeura silencieuse tandis qu'elle retirait de son sac ce qui, je l'appris plus tard, était un appareil photo. Elle me photographia, observant des recoins de mon âme inconnus de moi-même. Puis, elle retira de la pochette un petit appareil métallique, le mit à son oreille pour le poser ensuite à nouveau.

– Qu'est-ce que c'est ?

Elle m'expliqua que c'était un téléphone portable et à quoi il servait. Toutefois, là, à Jésusalem, cet appareil n'était d'aucune utilité.

– Sans lui, dit-elle en montrant le téléphone, je me sens perdue. Mon Dieu, comme j'ai besoin de parler à quelqu'un…

Une profonde tristesse embua ses yeux. Elle semblait sur le point d'éclater en sanglots. Mais elle se contint, ses mains caressant ses yeux. Et pendant un temps elle se fit distante. Elle me parut balbutier le nom de Marcelo. Mais si doucement et si silencieusement qu'on aurait plutôt dit une messe pour les morts. Lentement, elle rangea à nouveau tout dans son sac et, à la fin, demanda :

– Où est-ce que les hérons ont l'habitude de se poser par ici ?

– Il y en a beaucoup dans l'étang, dis-je.

– Quand il fera moins chaud, tu m'y emmèneras ?

Je fis signe que oui. Je ne lui parlai pas du crocodile qui surveillait les rives du marais. Je craignis qu'elle ne revînt sur sa décision de se promener. À ce moment-là, elle se mit à étaler de la crème sur son corps. Intrigué, je la surpris avec ma question :

– Vous voulez que j'aille chercher un seau d'eau ?

– De l'eau ? Pour quoi faire ?

– Vous n'êtes pas en train de vous laver ?

Soudain, la tristesse se brisa en elle : la Portugaise éclata de rire, m'insultant presque. Laver ? Elle appliquait de la crème solaire, voilà ce qu'elle faisait. Des maladies qu'elle aura eues, pensai-je encore. Mais non. La femme dit que la lumière était empoisonnée de nos jours.

– Pas ici, madame, pas à Jésusalem.

La Portugaise s'appuya contre une poutre en bois, ferma les yeux et se mit à chantonner. À nouveau, le monde m'échappa. Je n'avais jamais entendu pareille mélodie couler de lèvres humaines. J'avais entendu des oiseaux, des brises et des fleuves, mais rien qui ressemblait à cette intonation. Sans doute pour fuir ce bercement, je cherchai à savoir :

– Excusez-moi, vous êtes pute aussi ?

– Comment ?

– Pute, égrenai-je avec peine.

D'abord stupéfaite, puis amusée, la femme pencha la tête comme si sa pensée lui pesait et, pour finir, elle répondit dans un soupir :

– Je le suis peut-être, qui sait ?

– Mon père dit que toutes les femmes sont des putes…

Elle me parut sourire. Puis se redressant, elle me regarda intensément et, les yeux mi-clos, elle s'exclama :

– Tu ressembles à ta mère.

Une sorte d'inondation se produisit à l'intérieur de moi, la douceur de sa voix se déployant et recouvrant toute mon âme. Il me fallut un temps pour m'interroger : l'étrangère connaissait Dordalma ? Comment et quand les deux femmes s'étaient-elles croisées ?

– Je vous demande pardon, mais madame…

– Appelle-moi Marta.

– Oui, madame.

– Je connais l'histoire de ta famille, mais je n'ai jamais rencontré Dordalma. Et toi, tu as connu ta mère ?

Je secouai la tête aussi lentement que la tristesse me permettait d'aborder mon propre corps.

– Tu te souviens d'elle ?

– Je ne sais pas. Tout le monde dit que non.

Je voulais lui demander qu'elle chante encore une fois. Car maintenant une certitude s'emparait de moi. Marta n'était pas une visiteuse : c'était une envoyée. Zacaria Kalash avait pressenti sa venue. Je supposais cependant : Marta était ma seconde mère. Elle était venue pour me ramener à la maison. Et Dordalma, ma première mère, était cette maison.

Les ombres fléchissaient déjà lorsque j'accompagnai Marta à l'étang aux hérons. Je l'aidai à charger son matériel photo et m'engageai sur les chemins moins escarpés pour descendre la côte. De temps en temps, elle s'arrêtait au milieu du chemin, portait ses deux mains à sa nuque en rassemblant ses cheveux comme pour éviter qu'ils n'obscurcissent sa vue. Puis elle toisait à nouveau le firmament. Je me rappelai Aproximado disant : "Qui veut l'éternité regarde le ciel, qui veut l'instant regarde le nuage." La visiteuse voulait tout, ciel et nuage, oiseaux et infinis.

– Quelle lumière splendide, répétait-elle, extasiée.

– Vous n'avez pas peur qu'elle soit empoisonnée ?

– Tu n'imagines pas à quel point j'ai besoin de cette lumière en ce moment...

Elle parlait comme si elle priait. Pour moi, la lumière splendide était celle qui émanait de ses gestes, je n'avais d'ailleurs jamais vu de cheveux aussi lisses et éclatants. Mais elle parlait de quelque chose qui était là depuis toujours et que je n'avais jamais remarqué : la lumière qui irradie non du Soleil mais des lieux eux-mêmes.

– Là-bas, notre Soleil ne parle pas.

– Où c'est "là-bas", madame Marta ?

– Là-bas, en Europe. Ici c'est différent. Ici le Soleil gémit, susurre, crie.

– Pourtant, corrigeai-je délicatement, le Soleil est toujours le même.

– Tu fais erreur. Là-bas, le Soleil est une pierre. Ici, c'est un fruit.

Ses mots étaient étrangers même dits dans la même langue. La langue de Marta avait une autre race, un autre sexe, un autre velours. Le simple fait de l'écouter était pour moi une façon d'émigrer de Jésusalem.

À un certain moment, la Portugaise me demanda de détourner les yeux : elle ôta son chemisier et fit tomber sa jupe. Puis elle alla se baigner en sous-vêtements. Le dos tourné au fleuve, je remarquai Ntunzi caché au milieu des buissons. Un signe de lui me suggéra de donner le change. Depuis sa cachette, mon frère dévora des yeux et se délecta. Et pour la première fois, je vis le visage de Ntunzi disparaître sous les flammes.

Mon père devina aussitôt que nous n'avions pas suivi ses instructions. À notre étonnement, il ne se mit pas en colère. Comprenait-il nos raisons défendables, excusait-il nos revirements, nuages enjambant le Soleil ? Il alla s'habiller convenablement, avec la même cravate rouge qu'il arborait lors de ses visites à Jezibela, les mêmes chaussures noires et le même chapeau de feutre. Nous prenant chacun par une main, il nous traîna jusqu'à la maison hantée. Il frappa à la porte et dès que la Portugaise apparut dégaina :

– Pour la première fois mes enfants m'ont désobéi…

La femme le regarda avec sérénité et attendit qu'il poursuivît. Silvestre infléchit sa voix, corrigeant son agressivité initiale :

– Je vous demande la permission. Pour moi et mes deux légitimes.

– Entrez. Je n'ai pas de chaises.

– On ne reste pas, madame.

– Je m'appelle Marta.

– Je n'appelle pas une femme par son nom.

– Comment l'appelez-vous alors ?

– Je n'aurai pas le temps de vous appeler du tout. Car vous allez partir d'ici.

– Mon nom, monsieur Mateus Ventura, est comme le vôtre : une sorte de maladie de naissance…

En entendant son ancien nom, mon père fut atteint par un invisible coup de fouet. Ses doigts tendus tels des arcs de flèche enserrèrent ma main.

– Je ne sais pas ce qu'on vous a dit, mais c'est une erreur, madame. Il n'y a aucun Ventura ici.

– Je partirai, ne vous inquiétez pas. Ce qui m'a amenée en Afrique est terminé.

– Et qu'est-ce qui vous a amenée ici, je peux savoir ?

– Je viens à la recherche de mon mari.

– Je vous le demande, dona : vous êtes venue de si loin uniquement pour chercher votre mari ?

– Oui, vous trouvez que c'est peu ?

– Une femme ne part pas à la recherche de son mari. Une femme attend.

– Alors, si ça se trouve, je ne suis pas une femme.

Désespéré, je regardai Ntunzi. L'étrangère déclarait ne pas être une femme ! Disait-elle la vérité, contrariant le sentiment maternel qu'elle m'avait inspiré ?

– Avant de voyager, je me suis renseignée sur votre histoire, affirma Marta.

– Il n'y a aucune histoire, je suis ici pour de courtes vacances, cet endroit est mon refuge exclusif...

– Je connais votre histoire...

– La seule histoire, ma chère dame, c'est celle de votre départ, de votre retour d'où vous venez.

– Vous ne me connaissez pas, il n'y a pas qu'un mari qui fait bouger une femme. Dans la vie, il y a d'autres amours...

Mon père, cette fois péremptoire, leva le bras pour l'interrompre. S'il y avait une chose à laquelle il était allergique, c'était aux histoires d'amour. L'amour est un territoire qui ne se commande pas. Et il avait créé un recoin gouverné par l'obéissance.

– Cette conversation traîne en longueur. Et je suis vieux, madame. Chaque instant gâché c'est la Vie entière que je perds.

– Ce que vous êtes venu me dire, alors, est dit ?

– Il n'y a rien d'autre. Vous avez dit que vous étiez à la recherche de quelqu'un. Alors, vous pouvez partir car il n'y a personne ici ...

– Cher Ventura, je peux vous dire une chose : vous n'êtes pas le seul à avoir quitté le monde...

– Je ne comprends pas...

– Et si je vous dis que vous et moi sommes ici pour la même raison ?

C'était douloureux d'être témoin. Elle une femme, une femme blanche, et elle défiait l'autorité de mon vieux, exposant sa fragilité de père et d'homme devant ses enfants.

Silvestre Vitalício prit congé et se retira. Plus tard, il nous expliqua que ses nerfs en ébullition débordaient déjà, magma dans le cratère d'un volcan, quand il mit fin à la conversation :

– Les femmes sont comme les guerres : elles transforment les hommes en animaux.

Après la confrontation avec la visiteuse, mon père ne dormit pas d'une seule traite. Il se tordit en un crépitement de cauchemars et nous l'entendîmes entre d'incompréhensibles exclamations appeler soit notre mère soit l'ânesse :

– Alminha ! Jezibelinha !

Le matin suivant, il brûlait de fièvre. Ntunzi et moi entourâmes son lit. Silvestre ne nous reconnut même pas.

– Jezibela ?

– Papa, c'est nous, vos enfants...

Il nous regarda d'un air compatissant et demeura ainsi, le rictus figé sur son visage, le regard affaibli comme s'il ne nous avait jamais vus. Après un temps, il porta la main à son cœur semblant soutenir sa propre voix et morigéna :

– Vous vouliez, ne vouliez-vous pas ?

– On ne comprend pas, dit Ntunzi.

– Vous vouliez vous occuper de moi ? C'était ça que vous vouliez, me voir abattu, m'enterrer dans cette faiblesse ? Eh bien, je ne vous donne pas ce bonheur...

– Mais papa, on veut seulement vous aider...

– Sortez de ma chambre et ne revenez plus, même pour enlever mon cadavre...

Pendant des jours, mon père agonisa dans son lit. Son fidèle serviteur, Zacaria Kalash, resta tout le long à ses côtés.

Ces jours furent providentiels pour nous rapprocher de Marta. Elle était de plus en plus ma mère. Ntunzi la rêvait de plus en plus comme femme. Le rut s'empara de mon frère : il rêvait qu'elle était nue, il se déshabillait avec une fébrilité de mâle, les sous-vêtements de la Lusitanienne échouaient sur le sol du sommeil. C'était sa gentillesse que j'aimais chez Marta. Elle écrivait, se penchait tous les jours sur des papiers, reprisant des calligraphies. Comme moi, Marta était étrangère au monde. Elle écrivait des souvenirs, j'accordais des silences.

Le soir, mon frère s'enorgueillissait de ses avancées dans le cœur de Marta. Il ressemblait à un général donnant des informations sur les territoires conquis. Il avait vu ses seins, surpris ses intimités en flagrant délit et l'avait vue prendre un bain toute nue. Il ne tarderait pas à consommer son corps. Enthousiasmé par l'imminence de ce moment en or, mon frère se mettait debout sur son lit et criait :

– Ou Dieu existe, ou Il va naître maintenant !

Ces épisodes étaient comme les histoires de chasseurs : ne se racontant bien que dans le mensonge. Pourtant, à chacun de ses récits, je me sentais gêné, blessé et trahi. Tout en sachant que c'étaient plus des désirs que des réalités, les récits de Ntunzi me remplissaient de colère. Pour la première fois, il y avait une femme dans ma vie. Et Dordalma la défunte m'avait envoyé cette femme pour prendre soin de ce qui me restait d'enfance. Peu à peu, l'étrangère devenait ma mère, dans une sorte de second tour d'existence.

Les récits érotiques de mon frère étaient délirants, mais la réalité, c'est qu'à la fin du troisième après-midi, je vis Ntunzi poser sa tête sur les genoux de Marta. Cette intimité me fit douter : le restant de la romance de mon frère avec l'étrangère était-il vrai ?

– Je suis fatigué, confessa Ntunzi, entièrement renversé sur Marta.

La Portugaise dit en caressant le front de mon frère :

– Ce n'est pas de la fatigue. C'est de la tristesse. Quelqu'un te manque. Ta maladie s'appelle la saudade.

Notre mère ne vivait plus depuis si longtemps, mais elle n'était pourtant jamais morte à l'intérieur de mon frère. Parfois, il voulait crier de douleur, mais la vie lui faisait défaut pour crier. Sur le moment, la Portugaise le mit en garde : Ntunzi devait prendre le deuil, apprivoiser l'aiguillon sauvage de la saudade.

– Tu as tout cet endroit, tellement bien, pour pleurer...

– À quoi sert de pleurer puisque je n'ai personne qui m'écoute ?

– Pleure, mon chéri, je t'offre mon épaule.

Jaloux, je m'éloignai laissant derrière moi le triste spectacle de Ntunzi répandu sur l'intruse. Pour la première fois je haïs mon frère. Dans ma chambre, je pleurai de me sentir trahi par Ntunzi et Marta.

Pour ne rien arranger, mon père guérit. Une semaine après avoir sombré dans son lit, il quitta sa chambre. Il s'assit sur la chaise de la terrasse pour reprendre son souffle, comme si la maladie n'était guère qu'une simple fatigue.

– Vous vous sentez bien ? demandai-je.

– Aujourd'hui je me suis réveillé vivant, répondit-il.

Il ordonna que Ntunzi comparaisse. Il voulait inspecter nos yeux, voir où nous en étions du sommeil. Nos visages défilèrent sous son examen vicié.

– Toi, Ntunzi, tu t'es réveillé tard. Tu n'as même pas salué l'astre.

– J'ai mal dormi.

– Je sais ce qui t'ôte le sommeil.

Les paupières closes, j'attendis ce qui s'annonçait. On devinait la tempête, ou je ne connaissais pas Silvestre Vitalício.

– Eh bien je te préviens : si je te vois dragouiller cette Portugaise…

– Mais papa, je ne fais rien…

– Ces choses ne se font pas : elles n'apparaissent que faites. Ne dis pas, après, que je ne t'ai pas prévenu.

J'aidai le vieux à retourner se reposer. Je me dirigeai ensuite vers la cour où la Portugaise m'attendait. Elle entendait que je l'aide à grimper à un arbre. J'hésitai. Je pensai que la fille voulait se remémorer l'enfance. Mais non. Elle voulait uniquement vérifier si son téléphone pouvait capter à partir d'un point plus élevé. Mon frère s'empressa de l'aider à se hisser parmi les branches. Je compris qu'il reluquait les jambes de la femme blanche. Je me retirai, incapable d'assister à cette scène dégradante.

Plus tard, autour de la table où nous finissions de dîner en silence, le vieux Silvestre dégaina :

– Aujourd'hui j'ai fait une rechute.

– Vous êtes à nouveau malade ?

– À cause de vous. Alors vous laissez cette nana monter à un arbre !?

– Qu'est-ce que ça fait, papa ?

– Qu'est-ce que ça fait ? Vous avez déjà oublié que je… suis un arbre ?

– Papa, vous ne parlez pas sérieusement…

– Cette femme grimpait contre moi, elle m'écrasait de ses pieds, tout son poids reposait sur mes épaules.

Et il se tut, telles étaient les offenses. Seules ses mains dansèrent dans le vide par désespoir. Il se leva avec difficulté. Lorsque j'essayai de l'aider, il brandit son index sous nos nez.

– Demain c'est terminé.

– Qu'est-ce qui est terminé ?

– Demain, le permis de séjour de cette nana expire. Demain c'est son dernier jour.

La plus grande déchirure vint de l'obscurité de la nuit : Ntunzi annonça qu'il allait s'enfuir avec l'étrangère. Selon lui, tout était combiné. Planifié jusqu'au plus infime détail.

– Marta va m'emmener en Europe. Là-bas, il y a des pays dans lesquels on peut entrer et sortir.

L'arrivée et le départ : c'est ça qui fait un endroit. Voilà pourquoi on ne vivait nulle part. L'idée de rester tout seul dans l'immensité de Jésusalem me glaça.

– Je vais avec vous, proclamai-je d'une voix suraiguë.

– Non, tu ne peux pas.

– Je ne peux pas, pourquoi ?

– On n'accepte pas d'enfants de ton âge en Europe.

Et il me raconta ce que disait notre oncle. Que dans ces pays on n'avait même pas besoin de travailler : les richesses étaient à disposition, il suffisait juste de remplir les bons formulaires.

– Je vais circuler en Europe, bras dessus bras dessous avec la femme blanche.

– Je ne crois pas, mon frère. Cette nana t'est montée à la tête. Tu te rappelles cette passion que tu m'as racontée ? Eh bien, tu es de nouveau aveugle.

Ce n'était pas l'éventualité de son départ. Mais que Ntunzi parte avec Marta : c'était ça qui me blessait le plus. À cause de ça, je ne trouvais pas le sommeil. Jetant un coup d'œil à la grande maison, je vis une veilleuse encore allumée. Et je m'en fus rejoindre Marta pour lui communiquer sans détour :

– Je suis fâché contre vous !

– Contre moi !

– Pourquoi vous avez choisi Ntunzi ?

– Qu'est-ce que tu racontes ?

– Je sais tout, vous allez vous enfuir avec mon frère. Vous allez me laisser ici.

Marta rejeta sa tête en arrière et sourit. Elle me demanda d'approcher. Je refusai.

– Demain, je suis sur le départ. Tu ne veux pas te promener avec moi ?

– Je veux partir d'ici avec vous, définitivement... avec Ntunzi.

– Ntunzi ne viendra pas avec moi. Tu peux en être sûr. Aproximado arrive demain avec de l'essence et nous partirons tous les deux. Uniquement ton oncle et moi, personne d'autre.

– Vous promettez ?

– Je promets.

La Portugaise me prit par la main et me conduisit à la fenêtre. Elle resta à regarder la nuit comme si tout ce ciel était pour elle une étoile.

– Tu vois ces étoiles ? Tu sais leurs noms ?

– Les étoiles n'ont pas de noms.

– Elles ont des noms, c'est nous qui ne savons pas.

– Mon père m'a dit qu'en ville, on donnait des noms aux étoiles. Par peur...

– Peur ?

– La peur de sentir que le ciel ne leur appartenait pas. Mais je n'y crois pas, d'ailleurs, je sais même qui a fabriqué les étoiles.

– C'est Dieu, n'est-ce pas ?

– Non. C'est Zacaria. Avec son fusil.

La Portugaise sourit. Elle passa ses doigts dans mes cheveux et je retins sa main contre mon visage. L'envie infinie d'effleurer de mes lèvres la peau de Marta. Alors, je me rendis compte : je ne savais pas embrasser. Et cette inaptitude me blessa comme l'annonce d'une maladie fatale. Marta, voyant les ombres parcourir mon corps, dit :

– Il est tard, maintenant, va dormir.

Je retournai dans ma chambre, prêt à me faufiler sous les draps, quand je tombai nez à nez avec Silvestre et Ntunzi qui se disputaient au milieu du couloir. Tandis que j'entrais, mon vieux affirmait :

– La conversation est terminée !

– Papa, je vous demande…

– J'en ai conclu !

– S'il vous plaît, papa…

– Je suis ton père, ce que je fais est pour ton bien.

– Vous n'êtes pas mon père.

– Qu'est-ce que tu dis ?

– Vous n'êtes qu'un monstre !

Je fixai craintivement la face de Silvestre : les rides débordaient son visage et des veines malignes sillonnaient son cou. Il ouvrait et fermait la bouche davantage que les mots ne le réclamaient. Pour le fou, parler est toujours peu. Ce qu'il voulait dire allait au-delà d'une langue quelconque. J'attendis l'explosion qui survenait toujours quand il avait la tête en feu. Mais non. Passé un instant, Silvestre réprima le feu. Il paraissait même céder et accepter la raison de Ntunzi. Cette capitulation serait un fait unique : mon père était aussi têtu que l'aiguille d'une boussole. Mais finalement il persévéra dans son obstination. Il leva le menton avec la posture d'un roi dans un jeu de cartes et acheva, hautain :

– Je n'entends rien.

– Eh bien, cette fois, vous continuerez à ne pas entendre. Je dirai tout, tout ce que j'ai gardé au fond de moi…

– On n'entend rien, se plaignit mon père en me regardant.

– Vous avez été le contraire d'un père. Les pères donnent la vie à leurs enfants. Vous avez sacrifié nos vies à votre folie.

– Tu voulais vivre dans ce monde de merde ?

– Je voulais vivre, papa. Simplement vivre. Mais maintenant il est trop tard pour vous interroger…

– Je sais très bien qui t'a mis ces idées en tête. Mais demain c'est terminé… et une fois pour toutes.

– Vous savez quoi ? Pendant longtemps, j'ai cru que vous aviez assassiné ma mère. Mais je sais maintenant que c'est le contraire : c'est elle qui vous a tué.

– Tais-toi ou je t'éclate la gueule.

– Vous êtes mort, Silvestre Vitalício. Vous puez la pourriture, même Zacaria le demeuré ne peut plus supporter votre odeur.

Le bras de Silvestre Vitalício se dressa et étincela dans l'air pour foudroyer le visage de Ntunzi. Le sang gicla et je me jetai contre mon père. L'intervention de la Portugaise, surgie brusquement du néant, compliqua la bagarre. Des corps et des jambes traversèrent la chambre en une danse grotesque jusqu'à ce que tous trois tombent enchevêtrés à terre. Chacun se leva, épousseta et ajusta ses vêtements. Ce fut Marta qui parla la première :

– Attention, personne ici ne veut frapper une femme, n'est-ce pas, monsieur Mateus Ventura ?

Pendant un temps, Silvestre suspendit son geste, le bras levé au-dessus de sa tête, comme si une paralysie soudaine l'avait laissé dans un état catatonique. La Portugaise s'approcha, maternelle :

– Mateus…

– Je vous ai déjà dit de ne pas m'appeler par ce nom.

– On ne peut pas tout oublier aussi longtemps. Il n'existe pas de voyage aussi long…

Et nous nous quittâmes sans soupçonner le désévénement qui aurait lieu cette nuit-là. Les pneus de la voiture de la Portugaise seraient dépecés, réduits à des élastiques tout juste bons à faire une fronde. Le matin suivant, la voiture se réveillerait paralytique, déchaussée sur le sol brûlant de la savane.

Les deuxièmes papiers

Un soir de lune pâle et géraniums
il viendra avec sa bouche et main incroyables
jouer de la flûte dans le jardin.
Je suis au commencement de mon désespoir
et ne vois que deux chemins :
ou je deviens folle ou sainte.
Moi qui rejette et honnis
ce qui n'est pas naturel tel sang et veines
je me prends à pleurer toute la journée,
les cheveux affligés,
la peau minée d'indécision.
Lorsqu'il viendra, car il viendra c'est sûr,
comment me présenter au balcon sans jeunesse ?
La lune, les géraniums et lui seront les mêmes
– parmi les choses seule la femme vieillit.
Comment ouvrirai-je la fenêtre, sans être folle ?
Comment la fermerai-je, sans être sainte ?

Adélia Prado

Quand j'ai annoncé à Lisbonne que j'allais récupérer mon mari perdu en Afrique, ma famille est sortie de son habituelle réserve flegmatique. Mon père est même arrivé jusqu'à dire, dans la chaleur de la discussion :

– Ma fille, ces délires ont un nom : le mal de cornes !

J'étais déjà en pleurs mais ce n'est qu'alors que je remarquai mes larmes. Ma mère a transigé. Néanmoins, elle a réitéré son scepticisme :

– Rien ne sauve un mariage, excepté l'amour.

– Et qui te dit qu'il n'y a pas d'amour ?

– Ça c'est encore plus grave : l'amour n'a pas de salut.

Le lendemain, je consultai les journaux et parcourus les petites annonces. Avant de partir en Afrique, je devais faire en sorte que l'Afrique vienne à moi dans une ville qu'on disait la plus africaine d'Europe. Je chercherais Marcelo sans avoir à quitter Lisbonne. Forte de cette conviction, devant la page des petites annonces, mon doigt s'arrêta sur le professeur Bambo Malunga. À côté de la photographie du devin était répertoriée la liste de ses aptitudes magiques : "Fait revenir la personne aimée, aide à retrouver la personne perdue..." À la fin, on ajoutait : "... et le client peut payer par carte de crédit." Peut-être une carte de discrédit dans mon cas.

Le jour suivant, je parcourus les rues étroites d'Amadora avec un sac bourré des objets demandés dans l'annonce : "Une photo, sept bougies noires, trois bougies blanches, une bouteille de vin ou d'eau-de-vie."

L'homme qui m'ouvrit la porte était presque un géant. Sa tunique colorée rehaussait davantage sa taille. Lorsque je me présentai, j'hésitai à l'appeler "professeur" :

– C'est moi qui ai téléphoné hier, professeur.

Bambo venait d'autres Afriques, mais il ne se démonta pas : "Les Africains, dit-il, sont tous bantous, tous semblables, ils utilisent les mêmes savoir-faire, les mêmes sorts." Je fis comme si j'y croyais, tandis que j'avançais parmi les statuettes en bois et les tissus accrochés aux murs. L'appartement était exigu et je prenais soin de ne pas marcher sur les peaux de zèbre et de léopard qui recouvraient le sol. Aussi mortes soient-elles, on n'écrase pas les bêtes.

Après m'avoir attribué un siège rond, le devin vérifia ce que j'avais rapporté et releva mon erreur :

– Il manque un vêtement du mari. Je vous ai dit hier au portable que j'avais besoin d'un vêtement intime.

– Intime ? répétai-je, sans âme.

Je souris intérieurement. Tous les vêtements de Marcelo étaient intimes, ils avaient tous effleuré son corps, tous étaient passés par mes doigts enchantés.

– Revenez demain, madame, avec le matériel complet, suggéra délicatement le devin.

Le lendemain, je vidai l'armoire de Marcelo dans un sac et traversai Lisbonne avec ce fardeau. Je n'atteignis pas Amadora. À mi-chemin, je m'arrêtai près du fleuve et jetai les vêtements dans les eaux comme si je les vidais par terre dans le cabinet du devin. Je restai à les regarder flotter et soudain j'eus l'impression que c'était Marcelo qui voguait sur les eaux du Tage.

À ce moment-là, je me suis sentie guérisseuse. Le vêtement est d'abord une étreinte qui accueille les nouveau-nés. Après, on habille les morts comme s'ils partaient en voyage. Le professeur Bambo lui-même était loin d'imaginer mes dons divinatoires : les vêtements de Marcelo descendaient en présage de nos retrouvailles. Quelque part sur le continent africain, il existait un fleuve qui me rendrait mon bien-aimé.

Je viens d'arriver en Afrique et l'endroit me paraît trop immense pour me recevoir. Je suis venue pour retrouver quelqu'un. Mais depuis mon arrivée je ne fais que me perdre. À l'hôtel, une fois installée, je réalise combien mon lien avec ce nouveau monde est fragile : sept chiffres griffonnés au dos d'une photographie. Ce numéro est le seul pont pour rejoindre celui qui peut me conduire à Marcelo. Il n'y a ni amis, ni connaissances, ni même d'inconnus. Je suis seule, je n'ai jamais été aussi seule. Mes doigts éprouvent cette solitude lorsqu'ils composent le numéro puis renoncent. Et recommencent ensuite. Jusqu'à ce qu'une voix mélodieuse réponde à l'autre bout :

– Qui parle ?

Ma voix resta coincée, j'étais incapable de dire quoi que ce soit. La question de ma rivale était absurde : qui parle ? Puisque je n'avais rien dit. Il aurait été plus approprié qu'elle demande : qui ne parle pas ? Des secondes plus tard, la voix a insisté :

– Ici Noci ? Qui est là ?

Noci. C'était son nom. L'autre était jusqu'à présent un visage immobile. Maintenant c'était une voix et un nom. Un frisson me rendit la parole : je révélai tout de go, comme si je n'étais capable de m'exprimer que sans réfléchir. La femme resta un moment silencieuse, puis, imperturbable, elle décida de venir à l'hôtel. Elle se présenta une heure plus tard au bar, près de la piscine. Elle était jeune, elle arborait une robe blanche, des tennis de la même couleur. Quelque chose se brisa en moi. Je pensais rencontrer quelqu'un avec un port de reine. Au lieu de ça, j'avais devant moi une jeune femme vaincue, ses doigts tremblant comme si sa cigarette était excessivement lourde.

– Marcelo m'a quittée…

Étrange sensation : la maîtresse de mon mari m'avouait qu'il l'avait quittée. Subitement je n'étais plus celle qui avait été trahie. Et nous, les deux inconnues, nous devenions de vieilles parentes, avec le même abandon en partage.

– Marcelo s'est mis avec une femme mariée.

– Il l'était déjà auparavant.

– Ici ?

– Non, là-bas. C'était moi. Et qui est cette nouvelle femme ?

– Je n'ai jamais su. De toute façon, Marcelo n'est plus avec elle non plus. Personne ne sait où il est.

Elle recueillit la cendre dans le creux de sa main. La cendre tombée me fit comprendre ce qu'elle ne me disait pas. J'inventai un prétexte pour aller dans ma chambre. Une minute, dis-je pour me justifier. Mais durant ce bref instant, je pleurai les larmes d'une vie entière.

Je revins une fois remise. Noci remarqua tout de même mes yeux martyrisés.

– Laissons Marcelo, laissons les hommes…

– Aucun ne mérite les tristesses d'une femme.

– Encore moins de deux.

Et nous restâmes à parler de ces riens dont les femmes savent préserver le verbe. La solitude de cette femme presque enfant me fit mal. Elle m'élisait comme confidente et, le temps d'un instant, elle se plaignit de ce qu'elle avait souffert d'être la maîtresse d'un Blanc. Dans les lieux publics, les regards la condamnaient : c'était une pute ! Et, à l'inverse, comment des membres de sa famille l'avaient incitée à quitter le pays et à profiter de l'étranger. Tandis que Noci parlait, il me vint encore à l'esprit : que dirais-je, quelles colères se déchaîneraient en moi, si je la voyais entrer dans un bar avec mon Marcelo ? En vérité, je n'éprouvais plus à présent qu'une affection solidaire pour cette femme. À chaque fois qu'on l'avait insultée, on m'avait également offensée.

– Et maintenant, Noci, que fais-tu ?

Pour obtenir un travail, elle s'était jetée dans les bras d'un commerçant, un homme d'affaires. Il s'appelait Orlando Macara, c'était son patron diurne et amant nocturne. À l'entretien d'embauche, Orlando arriva tard, boitant comme l'aiguille d'une montre et la jaugeant de haut en bas, il dit d'un sourire matois :

– Je n'ai même pas besoin de regarder votre C-V. Vous restez comme hôtesse d'accueil.

– Hôtesse d'accueil ?

– Pour m'accueillir moi-même.

Elle avait obtenu un emploi en démissionnant d'elle-même. Au fond, en son for intérieur elle avait pris sa décision. Elle se séparerait en deux comme un fruit qui se fend : son corps était la pulpe ; le noyau était son âme. Elle livrerait la pulpe aux appétits de celui-ci et à ceux des autres patrons. Mais préserverait sa propre semence. La nuit, après avoir été dévoré, barbouillé et craché, son corps regagnerait son noyau et, tel un fruit, elle dormirait enfin entière. Mais ce sommeil réparateur tardait au point de la faire désespérer.

– Mes amies font des commentaires. Mais je demande : maintenant que je suis avec quelqu'un de ma race, ce n'est plus de la prostitution ?

Elle ne me demandait pas mon avis. Noci était sûre, ces déboires ne l'accablaient plus depuis longtemps. Une pute loue son corps. Dans son cas, c'était le contraire : son corps la louait elle.

– Je suis bien comme ça, vous pouvez me croire…

La Noire vit le doute sur mon visage. Comment peut-on être heureux avec un corps qui ne nous appartient plus ? Le sexe, dit-elle, ne se pratique ni avec le corps ni avec l'âme, mais avec le corps qui se trouve sous le corps. Ses doigts tremblèrent à nouveau, faisant tomber la cendre. Au même instant, les vêtements de Marcelo flottant sur les eaux du fleuve passèrent sous mes yeux. Vêtements que ces mêmes doigts effilés avaient déboutonnés.

– Je n'ai pas fait l'amour depuis si longtemps, avouai-je, que je ne me souviens plus comment on déshabille un homme.

– Vous allez donc si mal ?

Et nous rîmes comme si nous étions de vieilles amies. Le mensonge d'un homme nous avait réunies. La vérité de deux vies nous unissait.

Orlando Macara, le patron de Noci, vint la chercher à l'hôtel. Je fus présentée et constatai aussitôt : l'homme était l'affabilité en personne. Trapu et boiteux, mais d'une insurpassable sympathie.

– Comment vous êtes-vous connues ? nous demanda-t-il.

Je ne savais pas quoi répondre. Mais Noci improvisa étonnamment :

– On s'est croisées sur Internet.

Et elle détourna la conversation sur les avantages et les dangers des ordinateurs.

Orlando voulut connaître les raisons de ma visite, mes impressions. Quand je lui parlai de Marcelo, un souvenir s'alluma brusquement en lui.

– Vous avez une photographie de lui ? s'enquit-il.

J'exhibai celle de mon portefeuille. Tandis qu'Orlando l'examinait en détail, je m'adressai à Noci :

– Marcelo est réussi sur cette photo, n'est-ce pas ?

– Je ne connais cet homme de nulle part ! répondit-elle abruptement.

Le commerçant se leva et emporta le portefeuille près de la fenêtre. Je suivis ses gestes avec une certaine méfiance, jusqu'à ce qu'il s'écrie :

– C'est bien lui. J'ai emmené votre mari dans la réserve.

– C'était quand ?

– Il y a quelque temps. Il voulait photographier des animaux.

– Et vous l'avez laissé dans les parages ?

– Presque.

– Comment presque ?

– Je l'ai laissé avant qu'on arrive à destination, près du portail de l'entrée. Je ne veux pas vous inquiéter mais il m'a paru malade...

Marcelo était sa propre maladie, aurais-je pu répondre. En d'autres mots, c'était un homme incurable.

– Et vous n'avez jamais plus entendu parler de Marcelo, s'il est revenu, s'il est resté là-bas ?

– Rester là-bas ? Madame : ce n'est pas un endroit pour rester...

Cette nuit-là, une fois seule dans ma chambre, je spéculai sur les raisons qui avaient poussé Marcelo à vouloir se rendre à la réserve. Il n'y avait pas que la photo. Des mystères rongèrent mon sommeil jusqu'à ce que, le matin tôt, je convoque à nouveau les services du fiancé de Noci. Il arriva tard, toutefois il boitait d'une telle façon que sa claudication me sembla moins une imperfection qu'une prière pour qu'on l'excuse. Ou une amabilité envers la terre qu'il foulait, qui sait ? Noci l'accompagnait. Mais cette fois-ci elle resta tellement distante et tellement discrète que je reconnus difficilement la fille de la veille. J'allai droit au but :

– Emmenez-moi là où vous avez laissé mon mari.

Je m'attendais à la réaction négative d'Orlando. Que ce n'était pas un endroit pour les hommes, et encore moins pour une femme. Qui plus est une femme blanche, sauf votre respect. J'insistai pour qu'il m'emmenât à la réserve.

– Votre mari, chère madame, votre mari n'est plus là-bas…

– Je sais.

Orlando Macara fit le difficile. Je compris que c'était une question d'argent. Et l'affaire fut conclue : j'irais avec lui jusqu'à l'entrée où il avait laissé Marcelo. Après, Orlando n'avait plus rien à voir avec ça.

– Pourquoi tu ne lui dis pas tout, Orlando ?

L'intervention de Noci ne laissa pas de me surprendre. Elle plaida en ma faveur, révélant que de la famille d'Orlando vivait dans la réserve et me recevrait certainement.

– De la famille ? Ça, de la famille ?

– Ils sont étranges. Mais des gens bien.

– Ne parlez pas avec eux, ils sont tous fous.

Réticent, Orlando finit par céder. Il énuméra néanmoins un océan de recommandations : je devrais éviter les contacts avec la famille résidant dans le campement. Et comprendre les idiosyncrasies de chacun des quatre habitants.

– Par exemple, moi, là-bas, je ne suis pas Orlando.

– Comment non ?

– Je suis Aproximado. C'est comme ça qu'on me connaît là-bas : je suis l'Oncle Aproximado.

Consentir à un mensonge était la condition pour qu'on m'emmène : si on me demandait à la réserve comment j'étais arrivée jusque-là, je devrais dédouaner Orlando. J'étais venue toute seule.

Orlando passa tôt à l'hôtel. Je suivis avec ma voiture derrière son vieux camion. Le voyage était long, le plus long que j'aie fait de toute ma vie. La guimbarde était dans un tel état de décrépitude que le voyage prendrait trois jours.

J'eus envie d'expérimenter quelque chose qui ne se représenterait certainement plus : conduire un véhicule aussi déliquescent sur des routes aussi vertigineuses.

– Orlando, laissez-moi conduire, rien qu'un peu.

– Habituez-vous à m'appeler Aproximado.

Il m'autorisait à conduire, mais uniquement tant que nous restions dans la ville. Ce fut ainsi que je conduisis sur des routes étroites à la périphérie. Je vis rarement les rues qui m'apparurent tellement bondées et pleines d'ordures. Je devinais la route grâce aux deux files de personnes qui longeaient les bas-côtés. Ici, les gens ne marchent pas sur les trottoirs. Ils avancent sur la route comme si c'était leur droit naturel.

Je me demandais : serais-je capable de conduire dans ce chaos ? Après seulement je compris que ce n'était pas moi qui conduisais. C'étaient les mains de Marcelo qui me conduisaient, et moi j'étais depuis longtemps aveugle à l'intérieur et à l'extérieur. À l'image de la route africaine : on ne comprend qu'elle existe que par la présence de qui la parcourt.

Je rendis le volant à Orlando et changeai de place avec une certitude : il y a peu de différence entre conduire et être conduite. À une époque je voulais voyager de par le monde. Maintenant je ne voulais plus voyager que sans monde.

Dès que nous quittâmes la ville, le ciel s'écroula : je n'avais jamais vu pareil déluge. Nous dûmes nous arrêter car la route n'était pas sûre. Soudain, il me sembla voir passer les vêtements de Marcelo dans le cours des eaux pluviales. Et je pensais : "Le Tage a débordé sur des sols tropicaux et mon aimé m'attend sur quelque rive proche."

Je pensais savoir ce qu'était pleuvoir. Mais, à ce moment-là, je révisais mes verbes, craignant qu'il aurait mieux valu louer un bateau plutôt qu'une voiture. L'inondation se produisit pourtant une fois la pluie terminée : un déluge de lumière. Intense, totale, aveuglante. L'eau et la lumière surgirent presque indistinctes. Toutes deux excessives, toutes deux confirmant mon infinie petitesse. Comme s'il existait des milliers de soleils, d'innombrables sources de lumière à l'intérieur et à l'extérieur de moi. Voici mon côté solaire, jamais révélé auparavant. Toutes les couleurs se ternirent, le spectre entier devint un drap de blancheur.

Marcelo s'habille toujours comme ça, en blanc. Peut-être est-il là, à la portée d'un regard. Je sais que oui, je sens que Marcelo est ici présent, à la portée d'un mot. Je ne le vois pas uniquement à cause de la réverbération de la lumière, de l'incidence simultanée de la clarté.

Plus loin je croise un groupe de femmes. Elles se baignent dans une étendue d'eau rase. Plus bas, d'autres lavent du linge. J'arrête la voiture et je m'approche. Quand elles m'aperçoivent, elles se couvrent avec des tissus qu'elles attachent précipitamment à la taille. Leurs seins sont secs, évanouis sur leurs ventres. Ce n'est certainement pas par ce type de femmes que Marcelo s'est laissé enivrer.

Je reste à les observer longuement. Elles rient comme si elles savaient mes secrets. Connaîtraient-elles ma condition de femme trahie ? Ou est-ce la condition de femmes, sans cesse trahies par un destin infidèle, qui nous unit ? Ensuite, les paysannes reprennent leur chemin avec leurs bidons et leurs fardeaux sur la tête. Je ne comprends qu'alors l'élégance dont elles sont capables. Leur pas de gazelle annule le poids qu'elles transportent, leurs hanches flottent telles des ballerines évoluant sur une scène sans fin. Elles sont dans un éternel spectacle, précisément parce que jamais personne ne les regarde. Le bidon sur la tête, elles traversent la frontière entre le ciel et la terre. Et je pense : la femme ne transporte pas de l'eau, elle charrie tous les fleuves en son sein. Marcelo a poursuivi cette source à l'intérieur de lui-même.

Soudain, des vêtements qui me semblent familiers tombent des mains d'une lavandière. Ce sont des chemises blanches d'une blancheur qui ne m'était pas étrangère. Une sueur froide me paralyse : ce sont les vêtements de Marcelo. Bouleversée, je descends la côte en trébuchant et les femmes s'effraient de mon approche intempestive. Elles crient dans leur langue, ramassent les vêtements dans l'eau et fuient par la rive opposée.

Le deuxième jour de voyage, nous nous réveillons tôt. Je regarde le Soleil qui se lève et, dans la poussière, on dirait un morceau de Terre détaché qui émerge en lévitation. L'Afrique est le plus sensuel des continents. Je déteste devoir accepter ce cliché. Je sors de la voiture et m'assieds à l'arrière du camion. Ce silence n'est pas un de ces calmes que j'aurais déjà éprouvé auparavant. Ce n'est pas cette absence que nous nous empressons de combler par peur du vide. C'est un réveil de l'intérieur. Voilà ce que je ressens : je suis possédée par le silence. Rien n'est antérieur à moi, je pense. Et Marcelo n'est pas encore né. Je viens témoigner de sa mise au monde.

– Je suis la première créature, proclamé-je à voix haute, rouvrant les yeux, à l'étonnement d'Aproximado.

Les lumières, les ombres, le paysage entier semble récemment créé. Et les mots aussi d'ailleurs : j'étais en train de les habiller comme les enfants qui les dimanches inondent les places des petits villages.

– Regardez, madame Marta. Regardez ce que j'ai trouvé, annonça Aproximado, exhibant dans sa main une pellicule photographique.

– Elle était à mon mari ?

– Oui. Je me suis arrêté ici avec lui pour nous reposer.

Brusquement, mon sentiment de création s'assombrit. En définitive, rien n'est un commencement. Dans ma vie tout est agonie, en phase terminale. Je suis celle que j'ai déjà été. Je viens à la recherche de mon mari. Si tant est qu'on puisse appeler mari un homme qui s'est enfui avec une autre. Cet endroit peut être celui du commencement du monde. Mais c'est ma fin.

Et à nouveau les femmes. Ce sont d'autres femmes, mais pour moi rien ne les distingue des précédentes. À demi nues elles croisent la route. Marcelo et moi avons déjà évoqué la nudité des Africains. Les corps noirs ont soudainement émergé dans le commerce du désir socialement acceptable. Des femmes et des hommes noirs de peau ont envahi les magazines, les journaux, la télévision, les défilés de mode. De beaux corps, sculptés avec grâce, balancement, érotisme. Et je me demande : comment ne les avait-on jamais vus auparavant ?

Comment la femme africaine est-elle passée de sujet ethnographique à la couverture des magazines de mode, aux publicités de cosmétiques, aux podiums de haute couture ? Marcelo, je le voyais bien, se délectait à contempler ces images. Une colère profonde bouillonnait en moi. Certes, l'invasion de la sensualité noire était le signe que les canons de beauté subissent moins de préjugés. Cependant, la nudité de la femme noire me ramenait à mon propre corps. En pensant à la façon dont je voyais mon corps, je conclus : je ne savais pas être nue. Et je réalisai : ce n'était pas tant les vêtements qui me couvraient mais la honte. C'était ainsi depuis Ève, depuis le péché. Pour moi, l'Afrique n'était pas un continent. C'était la peur de ma propre sensualité. Une chose semblait sûre : si je voulais reconquérir Marcelo, je devais laisser l'Afrique émerger à l'intérieur de moi. Je devais faire naître en moi ma nudité africaine.

J'inspecte les alentours tandis que je m'accroupis. Des milliers de fourmis parcourent le sol, défilant en colonnes infinies. J'ai entendu dire que les femmes de ces contrées mangent de ce sable rouge. Mortes, elles sont dévorées par la terre. Vivantes, elles dévorent ce même sol qui les engloutira demain.

Je remonte ma culotte en me levant. Finalement, je vais me retenir. Ma vessie attendra jusqu'à un autre sol. Un sol qui ne soit pas griffonné par des insectes affamés.

Nous retournons au camion. La route est un serpent qui ondule dans la courbe de l'horizon. La route est vivante et sa grande bouche me dévore.

La voiture évolue dans la savane et la substance de la piste se délite, un nuage de poussière se dresse telles des ailes de vautour. La poussière recouvre mon visage, mes yeux, mes vêtements. Je me transforme en terre, enterrée en dehors de la terre. Serais-je sans le savoir en train de devenir la femme africaine par laquelle Marcelo s'est laissé ensorceler ?

La folie

Quand la patrie qui est la nôtre n'est plus à nous
Perdue par le silence et par le renoncement
Même la voix de la mer devient exil
Et la lumière qui nous entoure est comme des barreaux

Sophia de Mello Breyner Andresen

– Qu'est-ce que tu fais ici ?

Les papiers dégringolèrent par terre. Je pensai qu'ils s'élanceraient, légers, en une chute papillonnante. Au contraire, ils tombèrent d'un seul bloc et le bruit fit taire les cigales autour de la maison.

– Tu lisais mes lettres ?

– Je ne sais pas lire, dona Marta.

– Alors tu faisais quoi avec ces papiers entre les mains ?

– C'est que je n'avais jamais vu…

– Tu n'avais jamais vu quoi ?

– Des papiers.

Marta se pencha pour ramasser les feuilles. Elle les vérifia une à une, comme si chacune renfermait une incommensurable fortune.

– Mon père est en train de hurler, là-bas dans le campement. Je crois qu'il vaut mieux que j'y aille.

Les pneus trucidés de la voiture de la Portugaise avaient rendu mon père définitivement fou. Sur la terrasse, Silvestre, hirsute, se lamentait :

– Je suis cerné de traîtres et de lâches.

La liste des traîtrises était longue : son fils aîné lui manquait de respect, son beau-frère était passé de l'Autre-Côté ; quelqu'un avait touché à sa boîte avec l'argent ; et même Zacaria Kalash basculait dans la désobéissance.

– Il ne manque plus que toi, mon fils, il ne manque plus que tu m'abandonnes.

Il s'avança d'un pas pour me toucher, je me détournai, faisant comme si j'arrangeai mes savates, et je demeurai ainsi, tête baissée, jusqu'à ce qu'il s'éloigne vers son lieu de repos habituel. Mes yeux ne décollèrent pas du sol, conscient qu'il lirait mes sentiments mitigés.

– Viens ici, Mwanito. Je suis en manque de silence.

Assis dans son fauteuil, il ferma les yeux et laissa retomber ses bras comme s'ils ne lui appartenaient plus. Silvestre me fit presque de la peine. Je ne pouvais cependant pas m'empêcher de penser que ces mêmes bras avaient frappé mon pauvre frère à maintes reprises. Et qu'ils avaient été, qui sait, ces bras qui avaient étranglé Dordalma, ma mère chérie.

– Je ne sens rien, que se passe-t-il, Mwanito ?

Le silence est une traversée. Un bagage est nécessaire pour oser ce voyage. À ce moment-là, Silvestre était vide. Et moi débordant de douleur et de soupçon. Comment pouvais-je ciseler un silence avec autant de bourdonnements dans ma tête ? Me levant précipitamment, je m'inclinai, respectueux, en passant près de son fauteuil et m'éloignai.

– Ne me laisse pas, mon enfant, je n'ai jamais été aussi désespéré… Mwanito, viens.

Je n'y allai pas. Je restai dans l'angle, dissimulé par le mur d'appui. J'entendis le bruissement de sa poitrine. On aurait dit que le vieux allait éclater en sanglots. Soudain, l'étonnement creva la scène : mon père fredonnait une mélodie ! Pour la première fois, en onze ans de vie, j'entendis mon vieux chanter. C'était un passage triste et sa voix ressemblait à un ru formé uniquement de bruines. Je serrai mes bras contre mes genoux : mon père chantait et sa voix accomplissait le dessein divin d'éloigner les sombres nuages.

Je me concentrai, mon corps entier à l'écoute, comme si je savais que c'était là la première et la dernière fois que Vitalício chanterait.

– Ça me plaît de t'entendre, beau-frère.

Je sursautai presque de peur à l'arrivée d'Aproximado. Mon père fut encore plus effrayé, honteux d'avoir été pris en flagrant délit d'exercice de chants passéistes.

– C'est sorti tout seul, malgré moi.

– Je me rappelle si souvent de la chorale de notre église, tu étais le maestro, Silvestre, tu faisais ça tellement bien…

– Je vais t'avouer une chose, beau-frère. Il n'y a rien que je ne regrette plus.

Plus que les gens, les amours et les amis. C'était l'absence de musique qui lui coûtait le plus. Il dit qu'au milieu de la nuit, entre les draps et les couvertures, il fredonnait en sourdine. Les autres voix lui surgissaient alors si rigoureusement accordées que Dieu seul pouvait les entendre.

– C'est pour ça que je ne laisse pas les gosses rôder la nuit autour de ma chambre.

– Finalement, tu désobéissais, cher grand Silvestre…

Et si souvent, avoua-t-il sur le moment, il avait eu si souvent envie de demander à Aproximado de rapporter son vieil accordéon de la ville. Silvestre confessa tout cela et ses mains tremblaient de telle sorte que l'autre s'inquiéta :

– Tu te sens bien, beau-frère ?

Silvestre se redressa pour rajuster ses nerfs. Dégageant les épaules, il serra sa ceinture, toussa et déclara :

– Je vais bien, oui, c'était passager.

– Tant mieux, cher beau-frère, car je viens te parler d'une chose très peu passagère.

– Présentée comme ça, ce ne doit pas être une bonne chose…

– Comme je te l'avais déjà dit, on m'a réintégré dans les services de la Faune, maintenant avec de nouvelles responsabilités…

Retirant de sa poche son paquet de tabac, mon père initia son long rituel consistant à rouler une cigarette. Il releva la tête et affronta à nouveau le visiteur :

– C'est là où tu es bien, Aproximado, dans le département des bêtes…

– C'est en cette nouvelle qualité que je viens t'annoncer une chose ennuyeuse. Cher Silvestre, tu dois partir d'ici.

– Où ça d'ici ?

– Un projet de développement a été entériné pour cette zone. La concession a été privatisée.

– Je ne sais pas parler cette langue. Explique mieux.

– Les services de la Faune ont donné cette concession à des étrangers privés. Tu vas devoir partir.

– Tu plaisantes sûrement. Quand ces étrangers privés seront là, qu'ils viennent me parler.

– Tu vas devoir partir avant.

– Amusant : j'attendais que Dieu vienne à Jésusalem. Finalement, ce sont les étrangers privés qui vont arriver.

– C'est comme ça, le monde…

– Les étrangers privés sont les nouveaux dieux, qui sait ?

– Qui sait ?

– C'est étrange comme les gens changent.

Silvestre passa en revue : d'abord, Aproximado était presque son frère, à cent pour cent beau-frère, à cent pour cent famille, tout en sympathies et entraides. Puis, cette assistance se monnaya et ses allées et venues se transformèrent en commerce avec paiement anticipé. Plus récemment, Aproximado avait débarqué avec une tête de gouvernement, disant que l'État voulait le sortir de là. Maintenant, il comparaissait avec une tête de billet de banque, annonçant que des étrangers sans nom ni visage étaient les nouveaux propriétaires.

– Ne l'oublie pas, beau-frère, dehors il y a un monde. Et ce monde a changé. C'est la mondialisation...

– Et si je ne pars pas ? On m'expulse de force ?

– Ça non. Les donateurs internationaux sont attentifs aux droits de l'homme. Il existe un plan de réimplantation pour les communautés locales.

– Et moi, maintenant, je suis une communauté locale ?

– C'est mieux que tu le sois, mon beau-frère. C'est beaucoup mieux que d'être Silvestre Vitalício.

– Eh bien puisque je suis une communauté, tu as cessé d'être mon beau-frère.

Le doigt brandi, dressé sur ses ergots, Silvestre conclut : que le fonctionnaire et ex-beau-frère sache que ce sont les bovins qu'on réimplante. Que lui, Silvestre Vitalício, connu jadis sous le nom de Mateus Ventura, mourrait là, près du fleuve Kokwana qu'il avait lui-même baptisé.

– Tu as compris, fonctionnaire ? Et ce sont mes deux respectifs qui m'enterreront.

– Tes enfants ? Tes enfants ont déjà décidé de venir avec moi. Tu vas rester tout seul.

– Zacaria ne me laissera pas...

– J'ai parlé avec Zaca, il est à bout.

Mon vieux redressa la tête, le regard vide, vacillant. Je savais : il recherchait en lui la tempérance de la patience.

– Les nouveautés sont terminées, beau-frère ?

– Je n'ai rien d'autre à ajouter. Maintenant, je m'en vais.

– Avant de partir, mon ami, dis-moi : comment t'appelles-tu ?

– Qu'est-ce que c'est que cette plaisanterie, Silvestre ?

– Je vais te montrer une chose, mon cher étranger. Ne te vexe pas si je t'appelle comme ça, j'ai toujours préféré les étrangers aux amis...

Tandis qu'il parlait, il se leva, fourra les mains au fond de ses poches et en retira des liasses de billets qu'il entassa par terre à ses pieds.

– J'ai toujours préféré les amis à la famille. Toi maintenant tu as l'avantage d'être un étranger.

Il se baissa et fit de sa main gauche un coquillage tandis qu'il craquait une allumette de la droite.

– Qu'est-ce que tu es en train de faire, Silvestre ? Tu es dingue ?

– Je fume mon argent.

– Cet argent, Silvestre, c'est pour me payer mes marchandises…

– C'était.

Marqué du sceau de l'hallucination, Aproximado s'éloigna et faillit buter contre moi en tournant à l'angle. Je restai immobile à scruter la terrasse. De là, j'aperçus mon vieux qui reprenait sa place dans son vieux fauteuil, soupirant bruyamment, il proféra les mots les plus inattendus :

– Il n'y en a plus pour longtemps, Alminha. Il n'y en a plus pour longtemps.

J'en avais encore la chair de poule lorsque, furtif, je m'enfuis comme une ombre entre les arbustes. Une fois en terrain sûr, je me lançai dans une course effrénée.

– Qui est-ce que tu fuis, Mwanito ?

Zacaria était assis à la porte de l'arsenal, son pistolet à la main comme s'il venait de tirer.

J'entrai rapidement et m'assis aux côtés du militaire. Je sentis qu'il voulait me dire quelque chose. Mais il resta un temps sans dire un mot tandis qu'il faisait des dessins sur le sable avec le canon de son pistolet. Je prêtai attention aux gribouillis qui sillonnaient le sol, comprenant soudain que Zacaria écrivait. Et mon âme fut ébranlée à la lecture de ce qu'il avait gravé : Dordalma.

– Ma mère ?

– N'oublie pas, petit : tu ne sais pas lire. Comment tu as fait, tu as deviné ?

Je compris qu'il était trop tard : Kalash était un chasseur et j'avais marché sur le piège qu'il avait tendu.

– J'en sais plus, petit. Je sais où tu caches tes papiers écrits.

Il était sûr et certain qu'il irait tout raconter à son patron et à mon père, Silvestre Vitalício. Ntunzi et moi ne tarderions pas à faire partie du même groupe d'excommuniés.

– Ne crains rien. Moi aussi j'ai déjà menti à cause de mots et de papiers.

Il effaça le nom de ma mère de la plante du pied. Les grains de sable engloutirent les lettres une à une comme si la terre avalait à nouveau Dordalma. Ensuite, Zacaria me raconta ce qui lui était arrivé à l'époque de la compagnie des commandos coloniaux. Le courrier arrivait et il était le seul à qui personne n'écrivait jamais. Systématiquement, Zacaria était exclu, éprouvant la lourdeur de sa race : pas celle de sa couleur de peau, mais celle de ceux qui restent toujours en dehors de la joie.

– Jamais aucune femme ne m'a écrit. Pour moi, Jésusalem a commencé avant même d'arriver ici…

Une demi-douzaine de soldats portugais, incapables de lire, l'avaient choisi pour déchiffrer les lettres en provenance du Portugal. C'était son heure. Assis sur le lit supérieur des lits superposés de la chambrée, les yeux avides des Blancs le contemplaient tel un puissant prophète.

Mais sa fierté éphémère n'avait rien de comparable avec l'extase de ceux qui recevaient des lettres. La jalousie de Zacaria était sans commune mesure. De l'autre côté du monde arrivaient des femmes, des amours, des réconforts. Et même le nom des cartes postales le rendait jaloux : "aérogramme". Pour lui c'était presque un nom d'oiseau. Il eut alors l'idée de se faire passer pour l'un des Portugais. Et ce fut ainsi que Zacaria Kalash gagna, par un croisement indu d'identité, une marraine de guerre.

– C'est celle-là, ici. Maria Eduarda, Dadinha…

Et il me montra la photographie d'une femme à la peau claire, les cheveux ramenés sur les yeux, avec de grandes boucles d'oreilles. Je souris à part moi : ma marraine sans guerre, ma Marta, était sans doute beaucoup plus blanche que cette femme aux yeux tristes. Zacaria ne remarqua pas que je m'étais éloigné un instant. Le militaire rangea la photographie dans sa poche pendant qu'il m'expliquait qu'il ne se séparait jamais de ce talisman de papier.

– C'est une protection contre les balles.

Zacaria et sa marraine correspondirent durant des mois. Jusqu'à ce que, à la fin de la guerre, le militaire lui avoue avoir falsifié sa véritable identité. Elle répondit en retour : elle aussi avait faussé nom, âge et lieu. Maria Eduarda n'avait pas les vingt et un ans requis pour être écrivailleuse d'espoir pour jeunes recrues.

– Chacun de nous a été un mensonge, mais tous les deux nous avons été vrais. Tu comprends, Mwanito.

Le lendemain matin, le remue-ménage était intense à Jésusalem. Silvestre nous avait une fois de plus convoqués sur la place. Ce fut un Zacaria abattu et peu convaincu qui diffusa l'annonce et nous fit aligner auprès du grand crucifix. Nous étions les mêmes que d'habitude. Cette fois, pourtant, il y avait une femme. Cette femme raide à côté de moi semblait mi-étonnée mi-craintive. Sur sa poitrine, son appareil photo rivalisait avec le fusil que Kalash exhibait en bandoulière.

– Quand est-ce qu'il va venir ? demanda Marta en spectatrice impatiente.

Je n'eus pas le temps de répondre. Car on entendit des bruits étranges semblables à une nuée de perdrix effrayées. Et la pompeuse apparition de Silvestre se produisit : simulant une voiture, il émettait des sons intermittents de sirène. La pièce de théâtre était simple : une autorité arrivait. Il fit comme si on lui ouvrait la portière d'une voiture imaginée.

Avec arrogance, il grimpa sur un podium inexistant et proclama :

– Mesdames et messieurs. Le sujet de cette réunion est de la plus extrême gravité. J'ai reçu des rapports alarmants des Forces de défense et de sécurité.

Nous restâmes silencieux, dans l'attente. À mes côtés, Marta semblait enthousiasmée et elle murmurait : "Fantastique, c'est un acteur d'enfer !" Parcourant longuement l'assistance, le regard inquisiteur de l'orateur s'arrêta sur mon frère. Son bras accusateur ne se fit pas attendre :

– Toi, jeune citoyen !

– Moi ? demanda Ntunzi, ahuri.

– On dit que tu dors là-bas, dans sa maison, celle de la Portugaise.

– Ce n'est pas vrai.

– Tu as déjà baisé cette pute ?

– Qu'est-ce que c'est, papa ?

– Ne m'appelle pas papa…

Le cri incontrôlé nous en boucha un coin. De peur, j'examinai sa face : à nouveau les rides débordaient son visage et des veines malignes sillonnaient son cou. Il ouvrait et fermait la bouche davantage que les mots ne le réclamaient. Pour le fou, parler est toujours peu. Ce qu'il voulait dire allait au-delà d'une langue quelconque. Les yeux grand ouverts de Ntunzi s'accrochèrent aux miens, cherchant un sens à ce à quoi nous assistions.

– À partir de maintenant, ici il n'y a plus ni "papa" ni aucun père qui tienne. À partir d'aujourd'hui je suis l'Autorité. Ou mieux, je suis le Président.

Faisant semblant de descendre de son faux podium, il frôla nos pieds, fixant longuement chacun de nous. Devant la Portugaise, il présenta ses respects et lui ôta son appareil photo.

– Confisqué. Il vous sera rendu à la sortie du territoire, chère madame. Sans pellicule, bien entendu. Je le remets à mon ministre de l'Intérieur.

Et il mit l'appareil dans les bras de Zacaria. La Portugaise fit encore mine de protester. Mais, d'un simple regard, Aproximado l'en dissuada. Silvestre retourna sur le podium, se servit un verre d'eau et se racla la gorge avant de poursuivre :

– Jésusalem est une jeune nation indépendante et j'en suis le Président. Je suis le Président national.

Et peaufinant les termes, il se pavana encore davantage, subjugué par ses propres honneurs :

– En outre, comme mon nom le dit déjà, je suis le président Vitalício, le président à vie…

Son regard écarquillé se posa sur moi. Mais au lieu de le soutenir, je fixai la mouche qui se promenait sur sa barbe. Elle était pour moi la mouche de toujours et accomplissait un vieux trajet : elle parcourait sa joue gauche et remontait sur son front attendant le revers de la main qui la ferait voltiger dans les airs. Oui, mon père s'était métamorphosé. Auparavant, je redoutais de ne plus avoir de père. Maintenant, je désirais être orphelin.

– C'est dommage que la jeunesse, la sève de la nation, soit si dégradée, nous qui y avions mis tant d'espoir…

Je cherchai à nouveau le visage de Ntunzi dans l'attente d'une entente complice. Contrastant avec Marta, mon frère semblait terrorisé. Zacaria et Aproximado avaient le visage de l'inquiétude. Cette appréhension s'ajouta à la mienne lorsque le nouveau Silvestre proclama sa décision finale :

– Pour raisons de sécurité un couvre-feu obligatoire sera imposé sur tout le territoire national.

Et la loi martiale serait imposée en réponse à ce qu'il appela, en fixant les yeux de Marta, "ingérence des pouvoirs coloniaux". Tout serait directement sous la surveillance du Président. Et exécuté avec l'aide de son bras droit, le ministre Zacaria Kalash.

Dans le glorieux mirage de lumières qui auréolait sa marche, il se retourna pour conclure :

– Et point final…

Ordre de tuer

*Yo me levanté de mi cadáver, yo fui en busca de quien soy. Peregrina de mí, he ido hacia la que duerme en un país al viento.**

Alejandra Pizarnik

La vérité est triste lorsqu'elle est unique. Plus triste encore lorsque sa laideur n'a pas, comme dans le cas des aérogrammes de Zacaria, la consonance du mensonge. À ce moment-là, à Jésusalem, la vérité c'était que notre père était devenu fou. Et ce n'était pas la folie bénie et salvatrice. Mais le démon déversé en lui.

– Je vais lui parler, dit Marta, constatant l'inquiétude générale.

Selon Ntunzi, ce n'était pas une bonne idée. Aproximado l'encouragea, malgré tout, à rendre visite au vieux grincheux dans sa tanière. J'accompagnerais la Portugaise pour garantir que tout se passerait dans les limites raisonnables.

Dès que nous pénétrâmes dans la pénombre de sa chambre, la voix rauque de Silvestre nous arrêta :

– Vous avez demandé une audience ?

– Oui. J'ai parlé au ministre Zacaria.

---

* "Je me suis levée de mon cadavre, je suis partie à la recherche de moi-même. Pérégrine, je suis allée vers celle qui dort dans un pays au vent." *(NdT)*

Marta jouait le jeu au-delà de ce que Silvestre pouvait prévoir. Un mélange de surprise et de méfiance macula le visage de mon père. L'étrangère s'ouvrit sans détour :

– Je viens vous dire que je vais suivre vos instructions, votre Excellence.

– Vous allez quitter Jésusalem ? Comment ?

– J'irai à pied jusqu'au portail, ça fait environ vingt kilomètres. Après, je trouverai quelqu'un pour m'aider sur la route.

– Eh bien vous avez l'autorisation immédiate.

– Le problème, c'est la route dans la réserve. Elle n'est pas sûre. Je demande à ce que votre ministre de l'Armée m'escorte jusqu'au portail.

– Je ne sais pas, je vais réfléchir. À vrai dire, je n'aimerais pas vous laisser seule avec Zacaria.

– Pourquoi ?

– Je n'ai plus confiance en lui.

Et après une pause, il ajouta :

– J'ai perdu confiance en tout le monde.

La Portugaise s'approcha, presque maternelle. Sa main semblait prête à toucher l'épaule de notre vieux, mais la visiteuse se reprit.

– Cher Silvestre, vous savez bien ce qu'il faut ici.

– Ici, on n'a besoin de rien. Ni de personne.

– Des adieux, voilà ce qui manque ici.

– Oui, il manque vos adieux.

– Vous n'avez pas dit adieu à la défunte. C'est ça qui vous tourmente, cette absence de deuil vous laisse sans repos.

– Je ne vous permets pas de parler de ces sujets, je suis le Président de Jésusalem, je n'ai pas besoin de conseils venus d'Europe.

– Ça je l'ai appris ici, avec vous, en Afrique. Dordalma doit mourir en paix, mourir définitivement.

– Retirez-vous du palais présidentiel avant que la furie ne m'empêche de répondre de mes actes.

Je pris la Portugaise par la main et hâtais sa sortie de la chambre. Je connaissais les limites de mon père dans son état normal. Dans la circonstance, la folie le rendait encore moins prévisible. Avant de partir, Marta recula d'un pas et affronta de nouveau le visage courroucé de Silvestre.

– Dites-moi seulement une chose. Elle s'en allait, ce n'est pas vrai ?

– Comment ?

– Dordalma, dans l'autobus. Elle quittait la maison…

– Qui vous l'a dit ?

– Je le sais, je suis une femme.

– Tu peux charger ton fusil, cher Zacaria.

– Mais Silvestre, c'est vraiment pour tuer ?

– Tuer, et définitivement.

Zacaria aurait dû se sentir heureux de se voir confier une mission de cette dimension. Tuer des animaux n'était pas une tâche digne d'un soldat assermenté. Dieu a reçu son diplôme en créant l'homme. Les animaux sont des antécréatures. C'est l'Homme qui est patentable. Il ne défie les pouvoirs divins qu'en déchirant la dernière page du livre de Dieu.

On ne comprenait pas le sentiment avec lequel le militaire accueillait l'ordre d'assassiner la Portugaise. Impassible, me sembla-t-il. Et ce fut ainsi, le visage impénétrable et le pas mortifié, que Zacaria partit le fusil en bandoulière devant mon état de torpeur. Je regardai mon père assis tel un roi sur son trône récent. Il était inutile que je me jette à ses pieds et implore sa clémence. C'était irréversible : Marta, ma mère de fraîche date, allait être assassinée sans que je puisse rien faire. Où pouvait bien être Ntunzi ? Je courus à la chambre, à la cuisine, dans le couloir. Il n'y avait pas trace de mon frère. Et Oncle Aproximado n'était pas encore revenu de l'autre côté du monde. Je m'effondrai par terre, prostré et vide, dans l'attente du coup de feu inévitable. Saurais-je être orphelin une fois de plus ?

Toutefois, rien de tout cela ne se produisit. Le militaire n'était sûrement pas allé bien loin ; quelques minutes plus tard, il était de retour, son ombre remplissant l'entrée de notre maison.

– Qu'est-ce qui s'est passé ? interrogea mon vieux.

– J'ai échoué.

– Boniment. Retourne là-bas et fais ce que j'ai demandé.

– Je ne peux pas.

– Tu n'es plus soldat ?

– Je ne suis plus Zacaria Kalash.

– Boniment, insista mon père. L'ordre que je t'ai donné…

– Ne te fâche pas, Silvestre, mais même Dieu ne peut pas me l'ordonner.

– Disparais de ma vue, Zacaria Kalash. Retourne derrière, vous aussi, vous n'êtes plus mes enfants.

Jezibela était la seule créature à mériter son affection. Et lui, Silvestre Vitalício, allait nous envoyer à l'étable. En échange, son aimée viendrait à la maison. Et sa décision était définitive et irrévocable.

J'accompagnai Zacaria jusqu'à l'arsenal, pendant que Ntunzi partit à la recherche de l'étrangère. En chemin, le militaire se plaignit sans arrêt. Exposant son repentir comme s'il nous demandait l'absolution :

– J'ai contribué à tuer votre enfance.

Et il répétait :

– La moitié de ce que j'ai fait est erroné, le reste est un mensonge.

Le tir était la seule chose intacte et précieuse qui lui restait. La précision avec laquelle il épargnait de la mort les animaux qu'il chassait.

Assis sur le pas de la porte, je lui demandai de négliger ses rancœurs. L'homme ne répondit pas. Il releva son pantalon et exhiba ses jambes :

– Tu vois ? Les balles ne tiennent plus.

Et une balle tomba sans peine sur le sol.

– Elles me parlent.

– Qui ?

– Les balles. Elles me disent que la guerre est finie et qu'elle ne reviendra plus.

– Ce n'était pas toi qui disais que les guerres ne se terminent jamais ?

– Peut-être que ce que notre pays a eu n'était même pas une guerre, dit Zacaria comme dans un soupir.

– Comment je peux savoir ? J'ai toujours vécu ici, loin de tout...

– Rester loin, loin des guerres, c'était aussi ce que je voulais. Mais maintenant je m'en vais.

La Paix désormais installée de l'Autre-Côté : qu'est-ce qui le retenait encore ici ? Même si je comprenais, il m'était difficile d'accepter ses raisons.

– Pourquoi tu n'es jamais parti avant ?

– À cause de Silvestre.

– Tu lui as toujours obéi comme un fils.

– C'était encore pire, dit-il.

Pire ? Il obéissait comme seul un père peut obéir à son fils. Ainsi s'exprima-t-il, avec une mystérieuse circonspection.

– Je ne comprends pas, Zaca, dis-je.

– Je vais te raconter une histoire, quelque chose de vrai m'est arrivé...

C'était pendant la guerre coloniale, sur une piste dans le Nord, près de la frontière. Comme la colonne de l'armée portugaise à laquelle appartenait Zacaria avait pris du retard pour rejoindre le campement, elle passa la nuit près du fleuve. Les militaires emmenaient avec eux des femmes et des enfants qu'ils avaient capturés à proximité d'un village. Au milieu de la nuit, un enfant se mit à pleurer. Le fourrier qui commandait le peloton appela Sobra et lui dit :

– Va faire un tour avec ce bébé.

– Ne me demandez pas de faire ça, s'il vous plaît.

– Le petit ne se tait pas.

– Il doit être malade.

– On ne peut pas prendre de risque.

– Ne m'envoyez pas moi, je vous le demande.

– Tu ne sais pas ce que c'est qu'un ordre ? Ou tu veux que je te parle dans ta langue de merde ?

Et le fourrier tourna les talons.

L'arrivée de Ntunzi mit fin au récit de Kalash. Il n'avait pas trouvé la Portugaise. En revanche, il dit avoir entendu le moteur du camion d'Aproximado. C'était ce véhicule qui conduirait Marta à son destin.

Je regardai le visage triste de Zacaria. J'attendis qu'il terminât son histoire interrompue. Mais le militaire semblait avoir oublié son récit.

– Et tu as obéi, Zaca ?

– Comment ?

– Tu as obéi aux ordres du fourrier ?

Non, il n'avait pas obéi. Il avait emmené l'enfant au loin et demandé à une famille des alentours de l'accueillir. Il passait de temps en temps leur donner de l'argent et des rations de combat.

– C'est moi qui ai donné son nom à cet enfant.

Zaca en resta là. Il se leva, les balles tombèrent, tintinnabulant sur le ciment.

– Vous pouvez les garder en souvenir de moi…

Il claqua la porte de sa chambre et nous laissa remâcher les issues possibles de cet épisode de guerre. Il y avait un message dans cette histoire et je voulais que Ntunzi m'aide à en dévoiler le sens caché. Mais mon frère était pressé et il descendit la côte en courant.

– On y va, mwana, m'engagea-t-il.

Je m'élançai derrière lui. Ntunzi était certainement avide de savoir ce que notre parent avait rapporté de la ville cette fois. Mais ce n'était pas la raison de sa fébrilité. Contournant la maison, nous vîmes Aproximado et Silvestre discuter dans la salle à la lumière d'une veilleuse. Puis, faisant le tour du camion, Ntunzi ouvrit la portière et prit la place du conducteur. Il m'appela depuis la fenêtre de la voiture en avalant ses mots :

– Les clés sont là ! Mwanito, écarte-toi pour ne pas te faire écraser.

Je n'attendis pas : une seconde plus tard, j'étais sur le siège d'à côté, encourageant la fuite. On se sauverait tous les deux, inaugurant la poussière sur des routes inconnues jusqu'à notre entrée triomphale en ville.

– Tu sais conduire, Ntunzi ?

La question était saugrenue. Dès qu'il eut tourné la clé sur le contact, mon père et mon oncle firent irruption à la porte, l'étonnement gravé sur leurs visages. Le camion fit un bond, Ntunzi accéléra à fond et nous fûmes catapultés dans l'obscurité. Les phares allumés aveuglaient davantage qu'ils n'éclairaient. Le camion passa près de la maison hantée à une vitesse vertigineuse et nous vîmes Marta ouvrir la porte et se lancer à nos trousses.

– Ne te laisse pas distraire, Ntunzi, implorai-je.

Mes paroles furent vaines. Ntunzi ne quittait pas des yeux le rétroviseur. L'accident eut lieu tout à coup. Nous sentîmes le fracas énorme, comme si le monde s'était fendu en deux. On venait de trucider le crucifix sur la petite place. L'écriteau qui souhaitait la bienvenue à Dieu fut projeté dans les airs et tomba miraculeusement aux pieds de Marta. La voiture ralentit, mais ne s'arrêta pas. Au contraire, le vieux camion, pareil à un buffle enragé, souleva à nouveau la poussière et s'emballa sous le vertige de la vitesse. Ntunzi cria encore :

– Le frein, le putain de frein…

S'ensuivit le choc, violent. Un baobab étreignit la vieille carrosserie, comme si la nature avait englouti toute la machinerie du monde. Un nuage de fumée nous submergea. La Portugaise arriva la première. Ce fut elle qui nous aida à sortir de la voiture dévastée. Mon père était resté en arrière, auprès de l'autel mortifié, et il criait :

– Il vaut mieux que vous soyez morts, garçons. Ce que vous avez fait ici, au monument sacré, est une offense à Dieu…

Empourpré, Aproximado ne nous prêta aucune attention : il inspecta les dommages sur la carrosserie, ouvrit le ventre de la voiture, examina ses viscères et secoua la tête :

– C'est maintenant que plus personne ne sortira jamais d'ici.

Nous retournâmes au campement après avoir laissé Marta dans la grande maison. Mon père demeura encore un moment auprès de l'autel détruit. Nous marchâmes en silence, le silence ruisselait jusque dans les yeux baissés de mon frère. Soudain, sortant de l'obscurité, notre vieux arriva à notre hauteur, il passa entre nous en nous bousculant et proclama :

– Je vais la tuer !

Il entra dans la maison et ressortit quelques secondes plus tard un *canhangulo** à la main.

– J'irai moi-même la tuer.

Le militaire Kalash s'interposa, barrant le chemin à notre père. Un rire grimaçant déforma le visage et la voix de Silvestre :

– Qu'est-ce que c'est, Zacaria ?

– Tu ne passeras pas, Silvestre.

---

* Fusil de chasse artisanal. *(NdT)*

– Toi, Zacaria… ah, c'est vrai, tu n'es plus Zacaria… eh bien, je rectifie : toi, Ernestinho Sobra, mon salaud, tu m'as trahi…

Il fit un pas en direction de Kalash, braqua son arme sur son épaule et le poussa contre le mur :

– Tu te souviens de ce coup de feu dans l'épaule ?

Nous fûmes stupéfaits : soudain, la panique régnait sur le visage du militaire. Il tenta de filer, mais le canon du fusil l'immobilisa.

– Tu te souviens vraiment ?

Un filet de sang nous révéla : la vieille blessure s'était rouverte. L'ancienne balle touchait à nouveau le soldat. Un silence pesa et Aproximado fit encore mine d'intervenir :

– Silvestre, pour l'amour de Dieu !

– Ta gueule, guignol sur pattes…

Alors arriva ce à quoi, pour autant que je m'en souvienne, je ne pourrais jamais croire entièrement. Avec une surprenante sérénité, mon frère Ntunzi avança d'un pas et affirma :

– Donnez-moi l'arme, papa. J'y vais.

– Toi ?

– Passez-moi l'arme, je tuerai la Portugaise.

– Toi ?

– Vous ne m'avez pas demandé d'apprendre à tuer ? Eh bien, je vais tuer.

Silvestre tourna autour de son fils, déliant la surprise, distillant la méfiance.

– Zacaria !

– Silvestre ?

– Tu vas avec lui. Je veux un rapport…

– Ne mêlez pas Ernestinho à ça. J'y vais tout seul.

Comme dans un rêve au ralenti, mon père déposa son arme entre les mains de son fils. En un battement de paupières, Ntunzi disparut dans le noir. Nous entendîmes les pas décidés s'évanouir, engloutis dans le sable. Puis, passé un temps, le coup de feu. Des pleurs convulsifs m'envahirent. La menace de Silvestre fut immédiate :

– Une larme de plus et je t'éclate à coups de pied.

Les sanglots s'étouffèrent dans ma poitrine, mes bras tremblèrent comme si un séisme me parcourait intérieurement.

– Tais-toi !

– Je n'y… arrive pas.

– Reste debout et chante !

Je me levai, prêt. Mais ma poitrine débordait encore, haletante.

– Chante !

– Mais, papa, chanter quoi ?

– Eh bien chante l'hymne national !

– Pardon, papa, mais… l'hymne de quelle nation ?

Silvestre Vitalício me regarda, effrayé par ma question. Stupéfait par sa logique naïve, le menton de Silvestre tremblotait. Celle qui était restée au loin, dans la maison où j'étais né, avait été mon unique nation. Et son drapeau était aveugle, sourd et muet.

Les yeux bouleversés de Ntunzi scrutèrent la chambre et, avec un culot méconnaissable, il me terrassa lorsqu'il avoua :

– Cette nuit, c'était la nana. La nuit prochaine je le tue.

– Ntunzi, s'il te plaît, pose cette arme.

Mais il étreignit son fusil et s'endormit profondément. Je ne dormis pas cette nuit-là, assailli par la peur. Je jetai un coup d'œil par la fenêtre à la maison hantée. Il n'y avait pas trace de veilleuse. Le travail avait été fait. Je regardai le ciel pour me changer les idées, ma peur se mua en panique. Dans le firmament, nul astre qui se maintînt : les étoiles étaient toutes filantes, les lumières toutes incandescentes. Sur le mur noirci où Ntunzi gravait les jours, déjà les étoiles étaient tombées. Maintenant, il n'étoilait plus ni sur la terre ni dans le ciel de Jésusalem.

Je fermai la fenêtre brusquement. Notre monde s'effritait telle une motte de terre sèche.

L'après-midi touchait à sa fin sans qu'aucun de nous n'eût quitté la maison. La morosité vola soudainement en éclats. L'odeur nous parvint d'abord : de corps mort, dévoré par la fournaise, mâché par le Soleil. Mon père m'envoya voir. C'était la Portugaise qui commençait à pourrir ?

– Ça sent déjà, si tôt ? Zacaria, vas-y et enterre la *tuga*.

Mieux valait qu'elle ne se cadavérise pas dans le coin et n'attire pas les grands félins. Zacaria sortit et moi, surmontant ma torpeur, je suivis sa trace. J'allais affronter la mort, me poignarder à sa cruelle vérité. Les vautours qui tournoyaient dans le ciel nous conduisirent derrière. Ntunzi avait traîné le corps tout près de notre maison. Et le corps était là entouré d'oiseaux voraces, se disputant entre eux et se déviant, par des sauts ridicules, de leurs férocités réciproques. À l'approche de Zacaria, le cercle s'ouvrit et je tombai sur le spectacle : l'ânesse Jezibela, l'amante fidèle de mon vieux, gisait déjà dépecée par les vautours.

Livre Trois

RÉVÉLATIONS ET RETOURS

Le Dieu dont je vous parle
N'est pas Dieu de douceurs.
Il est muet. Il est seul. Et sait
La grandeur de l'homme
(Comme sa vilenie)
Et dans le temps contemple
L'être qui s'est ainsi fait.
[…]

Hilda Hilst

Les adieux

Au nom de ton absence
Je construisis avec folie une grande maison blanche
Et je te pleurai le long des murs

Sophia de Mello Breyner Andresen

La vision du corps dépecé de l'ânesse m'ôta le sommeil toute la nuit. J'étais incapable d'imaginer la quantité de sang qu'une créature à poils peut contenir. On aurait dit que l'ânesse s'était métamorphosée en fleuve aux eaux rougeoyantes, jaillissant d'un cœur plus vaste que la terre.

Le lendemain, mon père fut le seul à enterrer Jezibela. Tôt le matin, la pelle s'affairait déjà entre ses mains. De loin, nous offrîmes nos services.

– Je ne veux personne ici, cria-t-il.

Nous ne tenions pas non plus à y aller. Le regard de Silvestre était celui de la vengeance. Zacaria fit le tour de notre maison, l'arme au poing, épiant mon père.

– Que personne ne s'approche de lui, avertit le militaire.

Il parlait comme s'il s'agissait d'un chien enragé. Malgré l'avertissement, je décidai de m'approcher de l'endroit où Silvestre veillait l'ânesse défunte. La nuit était maintenant tombée et ni son pied ni sa pelle ne bougeaient plus de la tombe. Je marchai avec le respect qui sied aux veillées et toussotai avant de demander :

– Vous ne venez pas dormir, papa ?

– Je vais rester ici même.

– Toute la nuit ?

Il fit signe que oui. Je m'assis à mi-distance, par prudence. Je restai silencieux, sachant que pas un mot de plus ne serait prononcé. Mais conscient également qu'aucun silence ne serait désormais possible, ni à ce moment-là ni jamais plus. Au loin, on entendait les coups métalliques d'Aproximado réparant la voiture endommagée. Ntunzi aidait mon oncle et un faisceau de lumière les secondait tous deux.

Mon père était le portrait de la tristesse endeuillée. Anéanti, solitaire, ne croyant plus en rien ni en personne. Sans lever la tête, il murmura :

– Mon enfant, donne-moi ta main.

Je crus ne pas avoir bien entendu. Je demeurai impassible, figé dans mon étonnement, jusqu'à ce que Silvestre implore de nouveau :

– Ne me laisse pas ici tout seul.

Je m'allongeai et m'endormis au rythme des coups de marteau provenant du garage improvisé. Cette cadence marquait pour moi la fin de Jésusalem. Voilà sans doute pourquoi un cauchemar vint perturber mon sommeil. Une hallucination m'assaillit, plus je la chassais, plus elle revenait me hanter : tout près, une énorme vipère s'était interposée entre moi et mon père. Elle gisait inerte, comme endormie, et mon vieux, étendu à ses côtés, la contemplait de ses yeux extasiés.

– Viens mon enfant, viens te faire mordre.

Le serpent n'est pas un animal : c'est un muscle avec des dents, un mille-pattes cul-de-jatte avec le ventre au milieu du cou. Comment Silvestre Vitalício pouvait-il flirter avec un animal aussi rampant ?

– Me faire mordre ?

– J'ai déjà été piqué.

– Je ne crois pas, papa.

– Regarde ma main comme elle est enflée, entièrement d'une autre couleur. Ma main, cher Mwanito, appartient déjà à la race des morts.

C'était une main sans bras, sans veine ni nerf. Une parcelle d'un corps sans parent ni parenté. Silvestre ajouta :

– Je suis semblable à cette main.

Né sans le vouloir, il avait vécu sans désir, il mourrait sans prévenir et sans crier gare.

Quittant son immobilité, le serpent se mit lentement à s'enrouler autour de moi avec sensualité. Je résistai, m'écartant doucement.

– Ne fais pas ça, Mwanito.

Et il s'expliqua : ce serpent n'était rien d'autre que le Temps. Pendant des années, il avait résisté aux charmes du serpent. Cette nuit, il avait cédé, vaincu.

– Tu n'entends pas les cloches ?

C'étaient les marteaux qui frappaient la carrosserie du camion. Mais je ne le contrariai pas. Ma préoccupation était ailleurs : la vipère me fixait, sans pour autant se résoudre à me planter ses crocs. Elle semblait hypnotisée, incapable de s'acquitter de sa propre nature.

– Elle n'a même pas besoin de mordre, affirma Silvestre. Son venin passe à travers ses yeux.

Il en avait été ainsi avec lui : alors que les yeux de la vipère se fichaient dans les siens, tout son passé affleura à ses lèvres. Le serpent n'eut même pas à le mordre. Le venin parcourut prématurément ses entrailles et le Temps se mit à pourrir à l'intérieur de son corps. Quand, à la fin, les fines dents se plantèrent en lui, Silvestre ne voyait déjà plus la créature venimeuse : elle n'était guère plus qu'une réminiscence, nébuleuse et épaisse, glissant entre les rosées et les pierres. Et ce fut ainsi que les autres souvenirs défilèrent, rampants et visqueux comme des serpents. Ralentis, presque éternels, comme le torrent des fleuves.

– Le Temps est un poison, Mwanito. Plus je me souviens, moins je suis vivant.

– Vous vous souvenez à nouveau de maman ?

– Je n'ai pas tué Dordalma. Je le jure, mon enfant.

– Je vous crois, papa.

– Elle s'est tuée toute seule.

Les gens pensent qu'ils se suicident. Mais ce n'est jamais comme ça. Dordalma ne savait pas, la pauvre. Elle croyait encore qu'on peut annuler son existence. Tout compte fait, il n'existe qu'un véritable suicide : ne plus avoir de nom, ne plus avoir de connaissance de soi ni des autres. Rester hors de portée des mots et des souvenirs d'autrui.

– Je me suis bien plus tué que Dordalma.

Oui, lui, Silvestre Vitalício, s'était suicidé. Avant même de mourir, il avait déjà mis un terme à sa vie. Il avait balayé les lieux, écarté les vivants, effacé le temps. Mon père avait volé jusqu'au nom des morts. En définitive, les vivants ne sont pas de simples fossoyeurs d'ossements : ils sont avant tout les bergers des défunts. Il n'est pas d'ancêtre qui ne soit assuré que, de l'autre côté de la lumière, il y a toujours quelqu'un pour le réveiller. Dans le cas de mon père, non. Le Temps ne lui était jamais arrivé. Le monde débutait en lui-même, l'humanité s'achevait en lui, sans passé ni ancêtre.

– Papa, ce serpent, lui aussi va m'ouvrir les portes du passé ?

Silvestre ne répondit pas. Au contraire, il se mit à quatre pattes en position de chasseur. Tuer le serpent assassin est une règle d'honneur, même pour un somnambule. Était-ce ce précepte qui conduisit mon père à se précipiter sur le serpent et à lui flanquer un coup de bâton fatal ?

Le serpent se couche ? Eh bien, celui-là se répandit comme une ombre, évanouie à jamais. Son geste brusque fit gémir le vieux Silvestre, rongé par ses articulations :

– Mes os sont morts…

Vitalício exigeait l'extinction de son propre squelette. Mais, dans mon cas, les os étaient la seule partie vivante en moi.

Le lendemain matin on vint me réveiller. Je m'étais endormi d'épuisement à quelques mètres de la tombe de Jezibela. À mes côtés, Silvestre Vitalício dormait toujours recroquevillé sur lui-même. Tandis que je me redressai, mon oncle avait entrepris de secouer son beau-frère du bout de son pied. Le corps de Silvestre roula comme dépourvu de vie. Comment pouvait-il avoir sombré aussi profondément dans le sommeil ? Pourquoi une écume épaisse et blanche coulait-elle de sa bouche ? La réponse ne se fit pas attendre : deux filets de sang sourdaient d'une petite blessure à son bras.

– Il a été mordu ! Silvestre a été mordu !

Inquiet, mon oncle appela Zacaria et Ntunzi. Accourant avec un couteau, le militaire entailla le bras de mon père en un clin d'œil et, tel un vampire, il se pencha ensuite pour sucer la blessure sanguinolente.

– Ne faites pas ça ! contredis-je vivement. Ne faites rien, tout ça n'est qu'un rêve !

Ils me regardèrent étrangement et Zacaria, décelant dans mes paroles l'expression d'une torpeur mentale, m'examina en quête de la piqûre qui expliquerait mon trouble. Ne trouvant rien, ils transportèrent Silvestre à demi conscient. Dans les bras de Zacaria, mon père ressemblait à un enfant plus jeune que moi. Les mots tombèrent de sa bouche tels des restes de nourriture, grains de riz sur ses gencives de vieux.

– Dordalma, Dordalma, Dieu ne vient pas, et toi tu ne t'en vas pas...

Ils me laissèrent tout seul avec Silvestre, pendant qu'ils se préparaient à l'urgence.

– Me voici, soupira-t-il.

Et il passa ses mains, lentes, sur ses bras, soulignant combien il se délitait, pâteux comme s'il retournait non pas à la poussière mais à l'argile.

– Papa, restez tranquille à l'ombre.

– Je vais mourir, Mwanito. J'aurai énormément d'ombre, ça ne saurait tarder.

– Ne dites pas ça, papa. Vous êtes vacciné.

– Je te demande, mon enfant : tu ne veux pas mourir avec moi ?

C'est la solitude que nous redoutons le plus dans la mort, poursuivit-il. La solitude, rien de plus que la solitude. Le regard de Silvestre Vitalício était vague et vide. Soudain, je pris peur : mon père n'avait plus de visage. Se réduisant à ses yeux, étangs sans rives, où se précipitaient nos angoisses.

– C'est mon sang qui fait couler ton sang, tu savais ?

Des paroles qui avaient le poids d'une sentence. Sa vie, comme disait Ntunzi, ne m'avait jamais laissé vivre. Ce qui était étrange c'est que je semblais mourir dans sa mort.

– Regarde, dit-il en me tendant sa main. Ce sont deux trous, presque invisibles. Et, pourtant, toute une vie se vide par eux.

Silvestre Vitalício était-il mourant ? À l'exception de son regard aveugle, inanimé, son visage ne reflétait pas les augures de la fin. Le plus préoccupant toutefois, c'était sa main : elle avait changé de couleur et doublé de volume. Le sang coulait du garrot qu'on lui avait mis et gouttait par terre, terrorisant Zacaria. Aproximado prit la situation en main et décréta :

– On va en profiter pour l'emmener en ville.

Zacaria prit Silvestre par les bras, mais il ne fut pas nécessaire de le porter. Il était seulement ivre, dépourvu de corps. Il transpirait comme une fontaine et de temps en temps, il était secoué de violents tremblements.

– Cet homme doit aller à l'hôpital.

Les ordres de mon oncle furent précis et rapides. On partirait tous, on quitterait tous Jésusalem avant que notre père ne recouvre la raison.

– Mwanito, va chercher tes affaires. Cours.

J'allai dans ma chambre, prêt à la retourner jusqu'au moindre recoin. Mais soudain je me repris : qu'est-ce que j'avais ? Mes uniques possessions se réduisaient à un jeu de cartes et à un paquet de billets enterrés dans le potager. Je décidai de laisser tous ces souvenirs à leur place. Ils faisaient partie des lieux. Les feuilles que j'avais griffonnées étaient des bribes de moi que j'avais plantées dans le sol. Je m'étais semé en mots.

– Ntunzi, tu n'emportes pas ta valise ?

– Je n'emporte que la carte. Je laisse le reste.

Ntunzi sortit. Je ne résistai pas à jeter un coup d'œil à la valise. Elle était vide, hormis un carton recouvert de tissu fermé par des ficelles. Je les dénouai et des dizaines de feuilles en tombèrent. Sur chacune d'elles, Ntunzi avait dessiné des visages de femmes. C'étaient des dizaines de visages, tous différents. Au coin de chaque feuille, il avait écrit : "Portrait de ma mère, Dordalma." Je ramassai les dessins, les remis dans la pochette et partis en courant sans même regarder la chambre. Enfants, nous ne nous séparons jamais des lieux. Nous pensons toujours que nous reviendrons. Nous ne croyons jamais que c'est la dernière fois.

Je fus le premier à prendre place dans le camion. Ntunzi s'assit à côté de moi, à l'arrière. Zacaria se présenta comme on ne l'avait encore jamais vu. Habillé en civil pour la première fois. Un sac à dos pesait sur ses épaules.

– Tu n'emportes que ça, Zacaria ?

– Je reviendrai plus tard. Maintenant on est pressés.

Aproximado et Zacaria allèrent chercher mon vieux père. Je crus qu'il résisterait en refusant aussi sec. Mais non. Silvestre arriva avec une démarche d'enfant et une docilité ancillaire, il s'installa à l'avant et fit en sorte de partager son siège avec la Portugaise.

Le camion hoqueta au démarrage et progressa ensuite lentement, franchissant le portail et laissant derrière lui un nuage de poussière et de fumée.

Assis au sommet du barda, Ntunzi exultait, tenant mes épaules à deux mains :

– On va en ville, petit frère, je n'arrive pas à y croire…

Je détournai la tête : mon frère ne tarderait pas à pleurer de joie et, sur le moment, je ne désirais que mes sentiments impurs, mêlant le bonheur à la nostalgie. Je fis un signe d'au revoir, sans qu'il me vienne à l'esprit qu'il n'y avait personne de l'autre côté. La seule créature qui était restée à Jésusalem n'était ni humaine ni vivante : Jezibela, que Dieu la garde.

– Tu dis au revoir à qui ?

Je ne répondis pas. Je ne me séparais pas de Jezibela. Je prenais congé de moi-même. Mon enfance restait de l'autre côté. En débutant ce voyage, j'avais cessé d'être un enfant. Mwanito était resté à Jésusalem et il me fallait un nouveau nom, un nouveau baptême.

La vision me saisit tout à coup : en l'absence de vent, réduit à la seule brise dégagée par notre vieux camion, les arbres à l'entour se détachaient du sol et entamaient leur vol tels des hérons verts malhabiles.

– Regarde, mon frère ! Ce sont des hérons…

Ni Ntunzi ni Zacaria ne m'entendirent. J'eus alors l'idée de photographier ces vols végétaux. Étrange envie : pour la première fois, il ne me suffisait plus de voir le monde. Je voulais maintenant voir la façon dont je le regardais.

Appuyé contre le toit de la cabine, je me redressai pour demander son appareil photo à Marta. Debout, je fixai la route comme si elle, en disparaissant sous la voiture, me coupait en deux, séparant la joie de la tristesse.

En jetant un coup d'œil au siège avant, je fus surpris : mon père et la Portugaise étaient main dans la main. Ils se partageaient tous les deux, en une conversation de nostalgies muettes. Je n'eus pas le courage d'interrompre ce dialogue de silences. Et je me rassis, fourbi parmi le fourbi, reste parmi les restes empoussiérés.

Deux jours s'écoulèrent entre de courtes pauses et le vrombissement du véhicule. À la fin de la deuxième journée de voyage, bercé par le balancement du camion, je ne me rendais même plus compte de la route. Les taloches de Ntunzi me réveillèrent précipitamment. On traversait une première petite ville. Émerveillé, je vis alors les rues couvertes de gens. Et tout m'enivra. L'effervescence urbaine, les voitures, les publicités, les vendeurs de rue, les vélos, les enfants comme moi. Et les femmes : par bouquets, par paquets, par tourbillons. Pleines de vêtements, de couleurs, de rires. Enveloppées dans des pagnes comme si elles se paraient de mystères. Ma mère, Dordalma : je la voyais en chaque corps, chaque visage, chaque éclat de rire.

– Regardez les gens, papa.

– Quels gens ? Je ne vois personne.

– Vous ne voyez pas les maisons, les voitures, les gens ?

– Absolument rien. Je ne vous ai pas dit que tout était mort, vide ?

Se faisait-il aveugle ? Ou l'était-il vraiment devenu après la morsure de vipère ? Pendant que Silvestre se recroquevillait sur son siège, Marta brandissait son téléphone portable à l'extérieur de la fenêtre, l'orientant dans différentes directions.

– Qu'est-ce que vous faites, dona Marta ? demanda Zacaria.

– Je regarde si j'ai du réseau, répondit-elle.

On l'obligea à rentrer son bras. Toutefois, pendant tout le reste du trajet, le bras de Marta tourna comme une antenne giratoire. C'était la saudade qui guidait sa main, en quête d'un signe du Portugal, d'une voix qui l'étreignît, d'un mot qui la dérobât à la géographie.

– Et quand est-ce qu'on arrive, Zaca ?

– On est arrivés depuis longtemps.

– On est arrivés en ville ?

– C'est ça la ville.

Nous étions arrivés sans percevoir la fin du monde rural. Il n'y avait pas de frontière claire. Seulement une transition d'intensité, un chaos qui se densifia : rien de plus. Dans la cabine, en un hochement funèbre de la tête, mon père gémissait :

– Tout est mort, tout est mort.

Il y a ceux qui sont morts et enterrés. Comme dans le cas de Jezibela. Mais les villes meurent et pourrissent sous nos yeux, éviscérées, nous empestant de l'intérieur. Les villes pourrissent à l'intérieur de nous. C'était ce que disait Silvestre.

À l'entrée de l'hôpital, notre vieux père refusa de sortir de la voiture.

– Pourquoi voulez-vous me tuer ?

– Qu'est-ce que c'est que cette histoire, beau-frère ?

– C'est un cimetière, je sais très bien.

– Non, papa. C'est un hôpital.

Les efforts de la famille pour le faire quitter la voiture furent vains. Aproximado s'assit sur le trottoir, la tête entre les mains. Zacaria trouva comment nous sortir de l'impasse. Puisque le vieux Silvestre n'était pas encore mort, le cas avait perdu de son urgence initiale. On n'avait qu'à aller à la maison. On ferait appel à la voisine Esmeralda qui, étant infirmière, viendrait nous aider à domicile.

– Allons chez nous, évidemment ! réaffirma Ntunzi avec enthousiasme.

Cela sonnait étrangement pour moi. Dans cette bande, tous étaient de retour. Pas moi. La maison où j'étais né n'avait jamais été mienne. Les ruines de Jésusalem avaient été mon unique foyer. À mes côtés, Zacaria parut entendre mes craintes silencieuses :

– Tu vas voir que tu te souviens encore de l'endroit où tu es né.

En contemplant la façade, je vérifiai que là rien ne résonnait en moi. Il semblait arriver la même chose à Silvestre Vitalício. Aproximado ouvrit les divers cadenas qui fermaient les grilles des portes. Le temps de l'opération, mon père garda les yeux baissés comme un prisonnier devant sa future cellule.

– Elle est ouverte, annonça Aproximado. Entre toi d'abord, Silvestre. C'est moi qui vis ici, c'est moi qui ai les clés. Mais c'est toi le propriétaire de la maison.

Sans dire un mot, par ses gestes seuls, Silvestre signifia clairement que personne, à part lui et moi, ne passerait cette porte. Je suivis protégé par son ombre, n'écrasant que les poussières qu'il avait déjà foulées.

– D'abord, les odeurs, me dit-il en remplissant ses poumons.

Les yeux clos, il huma des odeurs pour moi inexistantes. Silvestre inhalait la maison, allumant les souvenirs dans son cœur. Il resta debout au centre de la pièce, la poitrine gonflée.

– C'est comme un fruit. On entre avec le nez.

Puis ce furent les doigts. Il n'avait plus que sa main que le serpent avait épargnée. Ces mêmes doigts tapotèrent les meubles, les murs et les fenêtres. Comme s'il reconnaissait son propre corps après une longue période de coma.

J'avoue : j'avais beau faire un effort, la maison où j'étais né m'était toujours étrangère. Pas une chambre, pas un objet ne me remémorèrent mes trois premières années de vie.

– Dis-moi mon enfant, je suis déjà mort, ceci est mon cercueil, n'est-ce pas ?

Je l'aidai à s'allonger sur le sofa. Il réclama un silence et je laissai la maison lui parler. Alors que Silvestre semblait s'être endormi, il se réveilla en sursaut pour retirer le bandage qui enveloppait sa main.

– Regarde, mon enfant ! m'interpella-t-il, le bras tendu dans ma direction.

Il n'y avait plus de blessure. Aucun gonflement, aucune trace. Il me demanda d'emporter le bandage dans la cuisine et de le brûler. Je n'avais pas encore trouvé le chemin du couloir que sa voix se fit de nouveau entendre :

– Je ne veux ni infirmière ni aucun autre étranger à la maison. Encore moins les voisins.

Pour la première fois Silvestre admettait l'existence d'autres au-delà de notre petite constellation.

– Le démon habite toujours parmi les voisins.

Zacaria mis à part, nous logeâmes tous dans notre vieille maison. Aproximado occupa la chambre parentale dans laquelle il dormait déjà avec Noci. Ntunzi partagea sa chambre avec mon père. Je partageai la mienne avec Marta.

– C'est seulement pour quelques jours, avança Aproximado.

Un rideau sépara les deux lits, préservant les intimités.

À notre arrivée, Noci était encore à son travail. Le soir, en rentrant à la maison, Marta couchée semblait dormir. Noci la réveilla d'une caresse sur les cheveux. Elles s'embrassèrent et pleurèrent tristement l'une contre l'autre. Quand elle fut capable de parler, la jeune dit :

– J'ai menti, Marta.

– Je savais.

– Tu savais ? Depuis quand ?

– Dès que je t'ai vue pour la première fois.

– Il était malade, très malade. Il voulait d'ailleurs que personne ne le voie. D'un certain côté, c'est bien que je sois arrivée trop tard. Si je l'avais vu, les derniers jours, je ne l'aurais même pas reconnu…

– Où est-ce qu'on l'a enterré ?

– Près d'ici. Dans un cimetière près d'ici.

Les doigts de l'étrangère firent tournicoter une bague en argent sur la main de Noci. Sans même demander, Marta savait que c'était un cadeau de Marcelo.

– Tu sais, Noci ? Ça m'a fait du bien de rester là-bas, dans la réserve.

La Portugaise s'expliqua : aller à Jésusalem avait été une manière d'être avec Marcelo. Le voyage avait été aussi réparateur qu'un sommeil profond. En participant à ce simulacre de fin du monde, elle avait appris la mort sans deuil, le départ sans séparation.

– Tu sais, Noci. J'ai vu des femmes laver les vêtements de Marcelo.

– Ce n'est pas possible…

– Je sais, mais pour moi ces chemises étaient les siennes…

Tous les vêtements flottant dans le courant appartiendront toujours à Marcelo. La substance même de tous les fleuves du monde sera composée de souvenirs contrariant le temps. Mais les fleuves de la Portugaise étaient de plus en plus ceux de l'Afrique : davantage de sable que d'eau, davantage de furies telluriques que de torrents doux et polis.

– Demain, on ira ensemble au cimetière.

Le lendemain matin, on me laissa à la maison pour m'occuper de mon père. Silvestre se leva tard et, toujours assis sur son lit, il m'appela. Quand je me présentai, il était là à examiner son propre corps. C'était ainsi depuis toujours : il fallait un temps d'attente avant que mon père ne commençât à parler.

– Tu me préoccupes, Mwanito.

– Et pourquoi, papa ?

– Toi, mon enfant, tu es né avec un grand cœur. Tu n'es pas capable de haïr avec ce cœur. Et pour être aimé, ce monde a besoin de beaucoup de haine.

– Excusez-moi, papa. Je n'ai rien compris.

– Laisse tomber. Voilà ce que je veux mettre au point avec toi : s'ils veulent m'emmener par là, en ville, ne me laisse pas, mon enfant. Promis ?

– Promis, papa.

Il s'expliqua : le serpent n'avait pas seulement atteint sa main. Il l'avait mordu partout sur le corps. Tout le paysage alentour le faisait souffrir, la ville entière lui faisait mal, la misère des rues le blessait davantage que son sang contaminé.

– Tu as vu comme le luxe scandaleux s'appuie sur la misère.

– Oui, mentis-je.

– C'est pour ça que je ne veux pas sortir.

Jésusalem lui avait donné l'oubli. Le venin du serpent lui avait rapporté le temps. La ville l'avait rendu aveugle.

– Tu n'as pas envie de sortir, comme fait Ntunzi ?

– Non.

– Et pourquoi ?

– Ici il n'y a pas de fleuve comme là-bas.

– Pourquoi tu ne fais pas comme Ntunzi, qui ne tient pas en place à la maison, toujours par monts et par vaux ?

– Je ne sais pas marcher... je ne sais pas marcher ici.

– Mon enfant, je me sens tellement coupable. Tu es tellement vieux. Aussi vieux que moi.

Je me levai et allai devant le miroir. J'étais un enfant, mon corps devait encore s'épanouir. Pourtant mon père avait raison : la fatigue me pesait. La vieillesse m'était arrivée sans mérite. Du haut de mes onze ans, j'étais flétri, consumé par les délires paternels. Oui, mon père avait raison. Qui n'a jamais été enfant n'a guère besoin du temps pour vieillir.

– Je t'ai caché une chose, là-bas à Jésusalem.

– Vous m'avez caché le monde entier.

– Il y a une chose que je ne t'ai pas dite.

– Papa, laissons Jésusalem, on est ici maintenant...

– Un jour tu retourneras là-bas !

– À Jésusalem ?

– Oui, c'est celle-là ta terre, ta condamnation. Tu sais mon enfant ? Cet endroit est rempli de miracles.

– Je n'en ai jamais vu aucun.

– Ils sont tellement minuscules qu'on ne se rend même pas compte qu'ils adviennent.

Nous étions arrivés en ville depuis trois jours et Silvestre n'avait même pas ouvert les rideaux. La maison était son nouveau refuge, son nouveau Jésusalem. Je ne sais pas comment, cet après-midi-là, Marta et Noci réussirent à convaincre mon père de sortir. Les femmes pensaient que ça lui ferait du bien de voir la tombe de sa défunte épouse. Je les accompagnai, portant les fleurs et refermant le cortège qui évoluait à pied vers le cimetière.

Alignés devant le tombeau de ma mère, Silvestre demeura impassible, vide, étranger à tout. Nous fixions le sol, il regardait les oiseaux biffant les nuages. Marta mit dans ses bras la couronne de fleurs et lui demanda de la placer sur la tombe. Mon père ne tint même pas les fleurs. Tombée à terre, la couronne se défit. Entre-temps, Oncle Aproximado se joignit à nous. Il découvrit sa tête et s'attarda, respectueux, les yeux fermés.

– Je veux voir l'arbre, dit Silvestre en brisant le silence.

– On y va, répondit Aproximado. Je t'emmène voir l'arbre.

Et nous nous dirigeâmes vers le terrain vague jouxtant notre maison. Un casuarina* solitaire affrontait le ciel. Silvestre tomba à genoux auprès du vieux tronc. Il m'appela et me montra la cime :

– Cet arbre, mon enfant. Cet arbre c'est l'âme de Dordalma.

---

* Arbre de la famille des *Casuarinaceae* originaire d'Asie et d'Australie pouvant atteindre jusqu'à trente-cinq mètres de haut. *(NdT)*

Il est question d'une balle

Pour traverser avec toi le désert du monde
Pour que nous affrontions ensemble la terreur de la mort
Pour voir la vérité pour ne plus avoir peur
Contre tes pas j'ai marché

Pour toi j'ai quitté mon royaume mon secret
Ma nuit rapide mon silence
Ma perle ronde et son orient
Mon miroir ma vie mon image
Et j'ai abandonné les jardins du paradis

Dehors à la lumière sans voile du jour dur
Sans les miroirs j'ai vu que j'étais nue
Et la plaine était pour nous le temps

Aussi m'as-tu revêtue de tes gestes
Et j'ai appris à vivre en plein vent

Sophia de Mello Breyner Andresen

Nous sommes des créatures diurnes, mais ce sont les nuits qui définissent notre place. Et seule la maison de notre enfance abrite bien nos nuits. J'étais né dans la demeure que nous occupions à présent, mais ma maison n'était pas celle-ci, ce n'était pas ici que le sommeil me gagnait avec douceur. Tout dans cette résidence m'était étranger. Néanmoins, mon sommeil paraît avoir reconnu quelque chose de familier dans cette quiétude. Voilà sans doute pourquoi une nuit je rêvai comme jamais encore auparavant. Car je tombai dans un abîme profond et franchis des mers et des déluges. Je rêvai que Jésusalem était submergée. D'abord, la pluie s'abattit sur le sable. Ensuite, sur les arbres. Et sur la pluie elle-même. Le campement devint le lit du fleuve et même les continents ne suffisaient plus pour accueillir autant d'eau.

Mes papiers glissèrent de leur cachette et gagnèrent la surface pour flotter ensuite sur les eaux tumultueuses du fleuve. Je m'approchai du rivage pour les ramasser. Une fois entre mes mains, voici ce qui arriva soudain : les feuilles se métamorphosèrent en vêtements. C'étaient les habits trempés des rois, des valets et des dames. Chacun des monarques se présenta à moi et me remit son lourd manteau. Complètement nus, ils continuèrent ensuite de descendre le fleuve jusqu'à s'éteindre dans l'eau dormante.

Dans mes bras, leurs vêtements étaient si lourds que j'entrepris de les tordre pour les sécher. Mais, à défaut d'eau, des lettres en tombèrent et chacune d'elles pirouettait à la surface et s'élançait dans le courant. Quand la dernière lettre tomba, les vêtements s'évaporèrent, disparus.

– Marcelo !

C'était Marta qui venait juste de débarquer sur la rive. Comme surgie des brumes, elle suivit le courant sur la trace des lettres. Elle criait le nom de Marcelo tandis que ses pieds sillonnaient les eaux avec difficulté. Et la Portugaise s'éteignit au-delà de la courbe du fleuve.

De retour à la maison, le vieux Silvestre s'enquit de la Portugaise avec une étrange inquiétude. Je montrai le brouillard dans le lit du fleuve. Il se leva d'un bond, projeté hors de son corps, comme s'il venait au monde pour la deuxième fois.

– J'y vais, s'exclama-t-il.

– Où ça, papa ?

Il ne répondit pas. Je le vis s'éloigner, chancelant en direction de la vallée et s'éteindre dans l'épaisseur des arbustes.

Un moment s'écoula et je m'endormis presque, bercé par le doux chant des engoulevents. Soudain, un frémissement dans la forêt me fit sursauter. Mon père et la Portugaise approchaient, appuyés l'un sur l'autre. Ils étaient tous les deux trempés. J'accourus les aider. Silvestre avait besoin de davantage d'assistance que l'étrangère. Il respirait avec difficulté, comme s'il avalait le ciel par gorgées. Ce fut la Portugaise qui parla :

– Ton père m'a sauvée.

C'est que je n'imaginais pas la bravoure de Silvestre Vitalício, comment il s'était jeté dans le fleuve déchaîné, comment il avait lutté contre le courant et la volonté de la Mort pour la dégager des eaux où elle se noyait.

– Je voulais mourir dans un fleuve, un fleuve qui prendrait sa source dans mon pays et se jetterait dans la fin du monde.

Ainsi parla la Portugaise, les yeux rivés sur la fenêtre.

– Maintenant laisse-moi, ajouta-t-elle. Maintenant, je veux rester seule avec ton père.

Je sortis, frappé par une étrange tristesse. En regardant par la fenêtre, j'eus l'impression de voir ma mère penchée sur son vieux mari, ma mère revenue des cieux et des fleuves où elle s'était attardée toute sa vie. Je tapai à la vitre et appelai, presque sans voix :

– Maman !

Une main féminine m'effleura et avant que je me retourne, un corps d'oiseau recouvrit mes épaules. Je m'attendris, dissous, et ne résistai même pas lorsque je me sentis happé, les pieds détachés du sol, la terre perdant de sa hauteur, diminuant là en bas tel un ballon crevé.

Je lavai mon visage sous le robinet du lavoir comme si l'eau seule me délivrait de son rêve. Sans me rincer, je regardai la rue par laquelle s'écoulait la ville. Pourquoi rêvais-je de Marta depuis son irruption dans la grande maison à Jésusalem ? La vérité, c'était que la femme m'avait envahi comme le Soleil emplit nos maisons. Il n'y avait pas moyen d'éloigner ou d'empêcher cette inondation, pas de rideaux pour contenir cette luminosité.

L'explication était sans doute différente. La Femme était peut-être déjà en moi avant même d'arriver à Jésusalem. Ou alors Ntunzi avait raison quand il mettait en garde : nul n'enseigne à l'eau. Elle est comme les femmes : elles savent des choses tout simplement. Des choses inexplicables. Aussi faut-il craindre les deux créatures : la femme et l'eau. C'était en définitive l'avertissement du rêve.

Après sa visite au cimetière, Silvestre Vitalício n'était plus lui-même. C'était un automate, sans âme, sans voix. Nous crûmes encore qu'il s'agissait des séquelles de la morsure du serpent. Mais l'infirmière rejeta cette explication. Vitalício s'était exilé à l'intérieur de lui-même. Jésusalem l'avait écarté du monde. La ville l'avait ravi à lui-même.

Aproximado dit que les rues du quartier étaient petites, très promenables. Pourquoi n'irais-je pas avec mon père pour voir s'il se changeait les idées. Aujourd'hui je sais : aucune rue n'est petite. Elles cachent toutes des histoires infinies, elles dissimulent toutes d'inénarrables secrets.

Un jour, en nous promenant, j'eus la sensation que mon père me poussait légèrement, m'indiquant la direction. Nous passâmes devant une église presbytérienne au moment où une cérémonie avait lieu. On entendait des chœurs et un piano nasillard. Silvestre s'arrêta, une fulguration envahit ses yeux. Il s'assit dans l'escalier de l'entrée, les mains ouvertes contre son cœur.

– Laisse-moi ici, Mwanito.

Il ne parlait plus depuis si longtemps que sa voix était devenue presque imperceptible. Et là, dans ce recoin froid, il resta des heures silencieux et figé. Silvestre ne bougea pas de la marche, même une fois la messe terminée et le départ de tout le monde. Certains, plus âgés, passèrent devant lui en le saluant. Silvestre ne répondit à aucun d'entre eux. Déjà l'église et la rue étaient sombres et désertes quand j'insistai :

– Papa, on y va, s'il vous plaît.

– Je reste ici.
– Il fait nuit, rentrons à la maison.
– Je reste vivre ici.

Je connaissais l'obstination de mon père. Je rentrai seul et informai Ntunzi et Aproximado de la décision du vieux Silvestre. Mon oncle répondit :

– Laissons notre homme dormir là-bas cette nuit…
– À la belle étoile ?
– Ça fait longtemps qu'il n'est pas autant chez lui.

Tôt le matin, j'étais dans la rue pour prendre des nouvelles de mon père. Je le retrouvai comme s'il n'avait pas changé de position, à l'abri dans l'escalier où je l'avais laissé. Je le réveillai en effleurant légèrement son épaule.

– Venez papa. Demain on reviendra encore une fois écouter les cantiques.
– Demain ? Et demain c'est quand ?
– D'ici peu, papa. Venez, je vous ramènerai.

Et pendant des semaines, tous les jours à la même heure, je conduisis mon père sur les marches de l'église, juste avant que les voix ne s'élèvent en harmonie vers les cieux. Chaque fois que je voulais me retirer, son bras me retenait. Silencieux et sans bouger un doigt, il désirait partager cet instant avec moi. Il désirait recréer la terrasse où nous couchions notre silence. Jusqu'à ce qu'un jour, je comprenne qu'il balbutiait les paroles des hymnes. Même sans voix, Silvestre faisait chœur avec ceux qui chantaient. Sans que plus personne ne s'en aperçoive, les mots de Vitalício montaient au ciel. C'était un ciel rampant, sans souffle. Mais c'était le début d'un infini.

Je me réveillai au bruit de voix féminines. Je jetai un coup d'œil par la fenêtre. Des dizaines de personnes occupaient la rue et paralysaient la circulation. Elles criaient des mots d'ordre, brandissaient des banderoles sur lesquelles on lisait : "Halte à la violence contre la femme !" Parmi la foule, j'aperçus Zacaria Kalash qui se frayait un chemin pour s'approcher de notre résidence. J'ouvris la porte et lui, sans prendre le temps de demander la permission, s'engouffra à l'intérieur comme s'il cherchait un abri.

– Le boucan que font ces nanas ! Noci est là-bas, tout agitée.

Il portait l'uniforme militaire et traînait un sac et une valise. Je le conduisis à la cuisine qui était, dirons-nous, le salon depuis notre arrivée intempestive.

– Où est ton frère ? me demanda-t-il.

Ntunzi était rentré à la maison depuis moins d'une heure, de retour d'une autre nuit blanche. Il s'était couché habillé, sentant l'alcool et la fumée de cigarette. Depuis son arrivée en ville, mon frère n'avait jamais pris pied à la maison. Nuit après nuit, il errait en compagnie de gens que l'Oncle Aproximado taxait de "pas du tout recommandables".

– Il dort encore.

– Eh bien, va l'appeler.

Zacaria attendit debout dans la cuisine. Il ouvrit et tira les rideaux comme si l'agitation dans la rue le dérangeait. "Ce monde est foutu !", l'entendis-je encore grommeler. Je trébuchai dans l'obscurité de la chambre, je secouai Ntunzi et le priai de se presser. De retour à la cuisine, je tombai sur le militaire qui se servait une bière :

– Je vais retourner à Jésusalem. Je viens dire au revoir.

Ils avaient tous trouvé leur place. J'avais retrouvé ma première maison. Mon père avait élu domicile dans la folie. Seul Zacaria Kalash n'avait pas trouvé de place en ville.

– Tu t'en vas définitivement, Zaca ?

– Non. Seulement jusqu'à ce que je termine certaines obligations.

– Et tu vas faire quoi, à Jésusalem ?

– Je ne vais pas faire, mais défaire…

– Comment ça ?

– Je vais faire sauter l'arsenal, enterrer les armes…

– Tu ne veux plus qu'il y ait de guerres, n'est-ce pas, Zaca ?

Un sourire triste, presque énigmatique, accabla son visage. Il semblait craindre la réponse. Il fit tourner son doigt sur le bord de son verre auquel il arracha un bourdonnement.

– Tu sais, Mwanito ? Je suis allé à la guerre pour tuer quelqu'un. – Et il dessina une vague présence avec son bras.

– Quelqu'un ?

– Quelqu'un à l'intérieur de moi.

– Et tu l'as tué ?

– Non.

– Et maintenant ?

– Maintenant c'est trop tard. Ce quelqu'un m'a déjà tué moi.

Jeune, à mon âge, il voulait être pompier, sauver les habitants des maisons en flammes. Il avait fini par incendier des maisons habitées. Soldat de tant de guerres, soldat sans aucune cause. Défendre la patrie ? Mais la patrie qu'il avait défendue n'avait jamais été sienne. Ainsi parla le militaire Kalash, embobinant ses mots comme s'il était pressé d'en finir avec ses révélations intimes.

– Tu sais, Mwanito ? Plus que toute autre, Jésusalem a été ma patrie. Mais enfin les juments fatiguées ne font pas tourner les moulins...

Nous fûmes interrompus par l'arrivée de Ntunzi. Des yeux de la veille, les cheveux en bataille, un pied dans le sommeil. Zacaria ne le salua même pas. Il ouvrit sa valise et en retira un sac à dos qu'il lança dans les bras du nouveau venu.

– Emporte-le dans ta chambre et emballe tes affaires.

– Emballer mes affaires ? Pourquoi ?

– Tu viens avec moi à Jésusalem.

– Où ? riposta-t-il en éclatant de rire pour affirmer aussitôt après, complètement crispé : oublie, Zacaria, je ne sors pas d'ici, même mort.

– On restera là-bas quelques jours.

Je savais comment les discussions évoluaient dans notre petite tribu. Comprenant que la tension ne tarderait pas à dégénérer en conflit, j'intervins, apaisant :

– Allez, Ntunzi. C'est pas difficile d'accompagner Zacaria. Ce n'est qu'un aller-retour.

– Qu'il y aille tout seul.

Zacaria se redressa et fit face à Ntunzi tandis qu'il retirait son pistolet accroché à son ceinturon. Je reculai, craignant le pire. Mais la voix de Kalash avait la sérénité des désirs consumés quand il articula :

– Prends ce pistolet.

Mon frère, étonné comme un nouveau-né, resta bouche bée, sa main engourdie soutenant à peine le poids de l'arme. Kalash recula d'un pas et contempla la figure pathétique de Ntunzi.

– Tu ne comprends pas, Ntunzi.

– Je ne comprends pas quoi ?

– Tu vas être soldat. C'est pour ça que je viens te chercher.

Ntunzi s'affala sur une chaise, les yeux absorbés dans le néant. Il resta ainsi un moment jusqu'à ce que Zaca Kalash ramasse le pistolet et l'aide à se relever.

– Ce qui t'arriverait ici en ville était à prévoir. Je ne te laisse pas rester ici un jour de plus.

– Je ne vais nulle part, je n'ai pas d'ordres à recevoir de toi. Je vais appeler mon père.

Nous suivîmes mon frère dans le couloir de la maison. La porte de la chambre s'ouvrit brusquement, mais Silvestre ne bougea pas un cil face au vacarme. Le soldat mit un terme à la discussion d'un hurlement.

– Tu viens avec moi, je te l'ordonne !

– Le seul qui me donne des ordres ici, c'est mon père.

Soudain, Silvestre leva le bras. Notre vieux voulait parler. Il susurra seulement :

– Sortez tous. Toi, Ntunzi, tu restes.

Nous nous retirâmes, Zacaria et moi, reprenant nos places à la table de la cuisine. Zacaria ouvrit une autre bouteille de bière et but sans plus rien dire. Dehors on entendait les manifestantes crier : “Femmes dénoncez ! Dénoncez !”

– Ferme la porte pour que ton père n’entende pas.

En revenant à la cuisine, on aurait dit que Ntunzi était tombé sur le ventre et s’était fait une bosse au dos. Ployé sous le poids qu’il portait, il s’approcha de moi :

– Adieu, mon frère.

Je l’étreignis, mais mes bras étaient trop petits pour un tel volume. Mes mains caressèrent la toile du sac à dos comme si c’était son corps. Ntunzi et Zacaria prirent la porte et je restai à regarder mon frère s’éloigner comme si la route était son inéluctable destin. Lentement, ils ouvrirent les rangs au milieu des femmes manifestantes. En observant mieux sa façon de marcher, il me sembla que, malgré la gueule de bois de la nuit antérieure, Ntunzi marchait au pas, copie conforme des manières de Zacaria.

Alors que ma main tirait les rideaux, je vis Noci me faire signe. Elle m’invitait à descendre, à me joindre à la manifestation. Je souris, gêné. Et fermai la fenêtre.

Des jours passèrent durant lesquels je ne fus rien de plus que le père de mon père. Je prenais soin de lui, le menais par des endroits auxquels il répondait toujours comme un aveugle.

Jusqu’à ce qu’un jour je reçoive une enveloppe. Je reconnus l’écriture de Marta. C’était la première lettre que quelqu’un m’avait jamais écrite.

L'arbre immobile

Terreur de t'aimer en ce lieu si fragile qu'est le monde

Douleur de t'aimer sur cette terre d'imperfection
Où tout nous brise et nous laisse sans voix
Où tout nous ment et nous sépare.

Sophia de Mello Breyner Andresen

Je t'écris cette lettre, cher Mwanito, afin que notre séparation ait lieu sans aucun adieu. Le dernier jour où nous nous sommes vus, tu m'as raconté ton rêve dans lequel ton père me sauvait de la noyade dans le fleuve. Si on considère que la vie est un fleuve, ton rêve est vrai. Jésusalem m'a sauvée. Silvestre m'a appris à trouver Marcelo vivant partout dans ce qui naît.

Je n'ai jamais voulu savoir comment Marcelo était mort. De maladie, l'explication me suffisait. Le jour de mon départ, à l'aéroport, Noci m'a raconté en détail le dernier voyage de mon mari. Après qu'Aproximado l'a laissé près du portail, Marcelo aurait erré sans but pendant des jours jusqu'à se faire cribler de balles dans une embuscade. Nous avons imaginé son périple d'après les images qui sont restées sur ses pellicules photo. Noci m'a offert ces photos noir et blanc. Ce n'étaient pas, comme je croyais, des représentations de hérons et de paysages. C'était le reportage de sa propre fin, un journal pictural de sa déchéance. Par ce témoignage, on comprend qu'il désirait se détacher de lui-même. D'abord, en marchant hirsute et sans vêtements. Ensuite, de plus en plus proche des bêtes, buvant l'eau des flaques, mangeant de la chair crue. Quand ils l'ont abattu, Marcelo a été pris pour un animal sauvage. Ce ne sont pas ceux de la guerre qui l'ont tué. Ce sont les chasseurs. Mon mari, cher Mwanito, a choisi ce genre de suicide. Quand viendrait la mort, il ne serait déjà plus un homme. Et se sentirait ainsi moins mourir.

Ce n'est pas un continent qui a englouti Marcelo. Ce sont ses démons intérieurs qui l'ont dévoré. Ces démons se sont consumés quand, juste avant mon retour à Lisbonne, j'ai brûlé toutes les photographies que Noci m'avait données.

La vie n'advient que lorsqu'on cesse de la comprendre. Ces derniers temps, mon Mwanito chéri, je suis loin d'un quelconque entendement. Je ne me suis jamais imaginée voyager en Afrique. Maintenant, je ne sais pas comment retourner en Europe. Je veux rentrer à Lisbonne, oui, mais sans le souvenir d'avoir jamais vécu. Je n'ai envie de reconnaître ni les gens, ni les lieux, ni même la langue qui nous donne accès aux autres. C'est pour ça que je me suis si bien faite à Jésusalem : tout était étrange et je n'avais pas de comptes à rendre sur celle que j'étais, ni sur le destin que je devais choisir. À Jésusalem, mon âme devenait légère, désossée, sœur des hérons.

Tout cela, je le dois à ton père, Silvestre Vitalício. Je l'ai condamné pour vous avoir traîné dans un désert. Pourtant, la vérité, c'est qu'il a instauré son propre territoire. Ntunzi dirait que Jésusalem se fondait sur une supercherie créée par un malade. Oui, c'était un mensonge. Cependant, puisque nous devons vivre dans le mensonge, que ce soit dans notre propre mensonge. Finalement, le vieux Silvestre ne mentait pas tant que ça dans sa vision apocalyptique. Parce qu'il avait raison : le monde prend fin quand on n'est plus capable de l'aimer.

Et la folie n'est pas toujours une maladie. Parfois, c'est un acte de courage. Ton père, cher Mwanito, a eu ce courage qui nous manque. Quand tout était perdu, il a tout recommencé à nouveau. Quand bien même ce tout ne représentait rien pour les autres.

Voilà la leçon que j'ai apprise à Jésusalem : la vie n'a pas été faite pour être petite et brève. Et le monde pour être mesuré.

Quand tu as commencé à lire les étiquettes sur les caisses des armes, ce n'étaient pas les lettres que tu apprenais fondamentalement. L'enseignement était autre : les mots peuvent être l'arc qui relie la Mort et la Vie. C'est pour ça que je t'écris. Il n'y a pas de mort dans cette lettre. Mais un au revoir qui est une petite façon de mourir. Tu te souviens de ce que disait Zacaria ? "J'ai eu mes morts, heureusement, toutes passagères." Ma seule mort a été celle de Marcelo. Oui, celle-ci a été mon premier dénouement définitif. Je ne sais pas si Marcelo a été l'amour de ma vie. Mais il a été toute une vie d'amour. Celui qui aime, aime pour toujours. Ne fais jamais rien pour toujours. Excepté aimer.

Cependant, je ne t'écris pas pour parler de moi. Mais de ta mère Dordalma. J'ai parlé avec Aproximado, Zacaria, Noci, les voisins. Ils m'ont tous raconté des bribes d'une histoire. Mon devoir est de te restituer ce passé qui t'a été volé. On dit que l'histoire d'une vie s'épuise dans le récit de sa mort. Voici l'histoire des derniers jours de Dordalma. De comment elle a perdu la vie, après s'être perdue dans la vie.

C'était un mercredi. Ce matin-là, Dordalma sortit de la maison comme elle ne l'avait jamais fait de sa vie : pour être vue et convoitée. Elle portait une robe à aveugler un mortel et un décolleté à faire voir le ciel à un aveugle. Elle était tellement voyante que peu remarquèrent la petite valise qu'elle transportait avec la même insouciance qu'un enfant lors de son premier jour d'école.

Je commence comme ça, car toi, Mwanito, tu n'imagines pas comme ta mère était belle. Ce n'était pas son visage, sa taille, ses jambes agiles et bien galbées. C'était elle, tout entière. À la maison, Dordalma n'était jamais plus que de la cendre, éteinte et froide. Les années de solitude et de manque de confiance l'habilitèrent à n'être personne, simple indigène du silence. Infiniment de fois, cependant, elle se vengeait face au miroir. Et là, devant la coiffeuse, elle se gonflait d'apparences. On aurait dit, je ne sais pas, un cube de glace dans un verre. Disputant la surface, trônant à la première place jusqu'au moment de retourner à l'eau.

Revenons aux débuts : ce mercredi-là, ta mère est sortie de la maison, habillée pour semer le trouble. Les regards du voisinage n'étaient pas un hommage à sa beauté. Et ils soupiraient : les femmes de jalousie ; les hommes de désir. Les mêmes veines dilatées qui envahissent les yeux des prédateurs reluisaient dans les pupilles des mâles.

Voici les faits, nus et crus. Ce matin-là, ta mère est montée dans le *chapa-cem**, se serrant parmi les hommes qui s'entassaient dans la voiture. L'autobus est parti au milieu des fumées, animé d'une étrange hâte. Le *chapa* n'a pas suivi son trajet habituel. Le conducteur s'est déconduit, distrait qui sait par le miroir qui lui renvoyait les rétrovisions de la belle passagère. Pour finir, l'autobus s'est arrêté dans un sombre terrain vague à l'abri des regards. Cela me fait d'ailleurs mal d'écrire ce qui s'est passé ensuite.

La vérité, c'est que d'après les témoins réticents Dordalma a été jetée à terre, au milieu des baves et des grognements, des appétits de bêtes sauvages et de rages animales. Et elle s'est peu à peu enfoncée dans le sable comme si rien excepté le sol ne protégeait son corps fragile et tremblant. Un à un, les hommes se sont servis d'elle, hurlant comme s'ils se vengeaient d'une offense séculaire.

Douze hommes plus tard, ta mère est restée à terre presque sans vie. Les heures qui suivirent, elle n'a été guère plus qu'un corps, une silhouette à la merci des corbeaux et des rats et, pire

* Transport collectif. *(NdT)*

encore, exposée aux regards malveillants des rares passants. Personne ne l'a aidée à se lever. Elle a tenté plus d'une fois de se relever, mais ne trouvant pas la force, elle retombait à nouveau, sans larme, sans âme.

Pour finir, alors qu'il faisait déjà bien noir, ton père a surgi, furtif comme un chat sur les tuiles. Il a regardé autour de lui, a bombé le torse et a pris son épouse dans ses bras. Silvestre a traversé la rue lentement en portant Dordalma, conscient que derrière les fenêtres des dizaines de regards se fichaient sur son image lugubre.

Sur le seuil de la porte, il s'est arrêté net, statufié. Dans la nuit noire, on ne discernait pas s'il pleurait ou s'il crispait son visage en maudissant le monde et les gens dissimulés.

Du pied, il a refermé la porte derrière lui et la maison des Vitalício s'est à jamais obscurcie. Silvestre a déposé le corps de ta mère sur la table de la cuisine et a installé sa tête au milieu des sacs et des chiffons. Ensuite, il est allé dans ta chambre, il t'a embrassé sur le front et a passé sa main sur la tête de ton frère. Il a donné un tour de clé à la serrure et a dit :

– Je reviens.

Il est revenu à la cuisine ôter ses vêtements à ta mère. Il a laissé son corps nu, toujours inconscient, et a emballé la garde-robe inutilisée. Il a emporté le paquet dans le jardin et brûlé les vêtements après les avoir arrosés de pétrole.

Il s'est rassis près de la table, surveillant son épouse qui dormait. Sans une caresse, sans une attention. La seule attente froide d'un fonctionnaire zélé. Dès que les premiers signes de conscience ont affleuré sur le visage de Dordalma, ton père lui a lancé :

– Tu peux m'entendre ?

– Oui.

– Alors écoute bien ce que je vais te dire : ne me fais plus jamais honte de cette façon. Tu as bien entendu ?

Dordalma a acquiescé, les yeux fermés, et il s'est levé pour lui tourner le dos. Ta mère a posé ses pieds par terre, cherchant à s'appuyer sur le bras de son mari. Silvestre s'est détourné et a refusé qu'elle sorte dans le couloir :

– Reste ici. Je ne veux pas que les petits te croisent dans cet état.

Elle n'avait qu'à rester dans la cuisine, se laver comme il faut. Plus tard, une fois la maison endormie, elle pourrait aller dans la chambre et y rester, tranquille et silencieuse. Lui, Silvestre Vitalicío, avait déjà enduré suffisamment d'humiliations.

Ton père s'est réveillé inquiet, comme appelé par une voix intérieure. Sa poitrine haletait, il ruisselait de sueur comme s'il n'était fait que d'eau. Il est allé à la fenêtre, a ouvert les rideaux et a vu son épouse suspendue à l'arbre. Ses pieds étaient à faible distance du sol. Il a aussitôt compris : cette faible distance était ce qui séparait la vie de la mort.

Avant que la rue ne s'éveille, Silvestre s'est dirigé d'un pas hâtif vers le *casuarina* comme si là, devant lui, ne se trouvait qu'une créature végétale, constituée de feuilles et de branches. Ta mère est apparue tel un fruit sec, la corde n'étant pas davantage qu'un pétiole tendu. Il s'est démené au milieu des branches, en silence il a coupé la corde et entendu le choc sourd du corps sur le sol. Il l'a aussitôt regretté. Il avait déjà entendu ce son auparavant : c'était le bruit de la terre retombant sur le couvercle du cercueil. Ce son s'enracinerait dans ses oreilles telle de la mousse sur une paroi sombre. Plus tard, ton silence, Mwanito, a été sa défense contre cet écho récriminateur.

Pour la deuxième fois consécutive, Silvestre a traversé la rue en transportant ta mère dans ses bras. Cette fois, pourtant, son poids était comme resté pendu à la potence. Il a déposé son corps nu par terre sur la terrasse et l'a examiné : il n'y avait pas de trace de sang, de marque de maladie, ni même de coups. Si ce n'eût été l'immobilité totale de sa poitrine, personne ne l'aurait dit morte. Cette fois, Silvestre a éclaté en sanglots. Qui passerait par là pourrait croire que Silvestre était terrassé par les douleurs de la mort. Mais ce n'était pas le veuvage, la cause de ses larmes. Ton père pleurait de dépit. Pour n'importe quel mari, le suicide de son épouse est la plus grande vexation qui soit. N'était-il pas le propriétaire légitime de sa vie ? Comment admettre alors cette désobéissance humiliante ? Dordalma n'avait pas renoncé à vivre : dépossédée de sa propre vie, elle avait jeté au visage de ton père le spectacle de sa propre mort.

Tu sais déjà ce qui s'est passé à l'enterrement. Le vent reprenant les fosses, invalidant les sépultures successives. Il a fallu que les autres, fossoyeurs de métier, achèvent la mise en terre. À la maison, après le cimetière, Ntunzi était le plus solitaire de tous les enfants de ce monde. Aucune affection des présents ne pouvait lui servir de consolation. Seule la parole du vieux Silvestre Vitalício pouvait le guérir. Cependant, ton père est demeuré distant. C'est toi qui as traversé la foule et entouré de tes petites mains le visage du veuf. Le coquillage de tes mains a éloigné Silvestre dans un silence parfait. Peut-être est-ce dans ce silence qu'il a imaginé Jésusalem, ce lieu par-delà tous les lieux.

Après l'enterrement, ton père s'est recueilli des jours d'affilée dans l'église. Il ne participait pas au chœur, mais il assistait aux messes et restait ensuite prostré là, comme un mendiant à qui il aurait manqué un foyer. Parfois, il s'asseyait devant le piano et ses doigts, distraits, se promenaient sur les touches. C'était le mois de juillet et il faisait un de ces froids pendant lesquels les mains s'oublient d'elles-mêmes bien à l'abri dans les poches.

C'est lors d'une de ces retraites que Zacaria est entré dans l'enceinte sacrée. Il arrivait juste du combat, arborant encore son pardessus militaire. Kalash s'est dirigé vers ton père et l'a salué d'une accolade énergique. On aurait dit qu'ils s'embrassaient affectueusement. Mais ils luttaient. Ce qu'ils disaient, dans un murmure, l'un à l'oreille de l'autre, ressemblait à des paroles de réconfort. Mais c'étaient des menaces de mort. Qui passerait par là pouvait difficilement deviner qu'ils s'affrontaient mortellement. Et personne ne pourra dire qu'il a entendu le coup de feu. Le sang qui coulait de l'uniforme de Zacaria, à son départ, ne pourra également jamais constituer de preuve. Silvestre a nettoyé le sol, il ne restait plus de trace de violence. Il n'y a eu ni lutte, ni coup de feu, ni sang. À toutes fins utiles, les deux amis s'étaient longuement embrassés, se réconfortant mutuellement de leur tristesse de la disparition de ta mère chérie, Dordalma.

Maintenant, tu sais pourquoi Ntunzi est parti avec Kalash. Pourquoi il suivra le destin militaire qui court sur des générations dans la famille de Zacaria. Maintenant, tu sais pour quelle raison Silvestre redoutait le vent et la danse des arbres évoquant des fantômes. Maintenant, tu connais le pourquoi de Jésusalem et de l'exil des Ventura hors du monde. Finalement, ton père n'était pas seulement étrange et Jésusalem n'était pas un aléa de sa folie. Pour Silvestre, le passé était une maladie et les souvenirs un châtiment. Il voulait habiter dans l'oubli. Il voulait vivre loin de la culpabilité.

Quand tu liras cette lettre, je ne serai plus dans ton pays. À vrai dire, je serai comme Zacaria : sans patrie qui m'appartienne, mais promettant de servir des causes inventées par d'autres. Je rentre au Portugal sans Marcelo, je rentre sans une partie de moi. Où que j'aille, je ne trouverai pas d'espace suffisant pour ombrager le vol des hérons. À Jésusalem, la Terre aura toujours davantage de terre.

Une fois, Noci m'a raconté la vacuité de sa relation avec Aproximado. Comment la relation s'était évaporée avec le temps. Aussi distinctes que nos trajectoires puissent sembler, nous marchions sur les mêmes traces. J'avais quitté mon pays pour retrouver un homme qui me trompait. Elle se trompait elle-même avec un homme qu'elle n'aimait pas.

– Pourquoi on accepte autant ? a questionné Noci.

– Qui ?

– Nous les femmes. Pourquoi nous acceptons autant, tout ?

– Parce qu'on a peur.

La solitude est notre plus grande peur. Une femme ne peut pas exister toute seule, au risque de ne plus être femme. Soit elle devient autre chose pour la tranquillité de tous : folle, vieille, sorcière. Soit, comme dirait Silvestre, pute. Tout sauf femme. C'est ça que j'ai dit à Noci : dans ce monde, on n'est quelqu'un que si on est épouse. C'est ce que je suis maintenant, même en étant veuve. Je suis l'épouse d'un mort.

Je te laisse nos photos de nos jours dans la réserve. L'une d'elles, celle que je préfère, montre le clair de lune réfléchi dans l'eau. Cette nuit-là, j'en ai bien peur, c'est la dernière fois que j'ai regardé la Lune. Me reste cette lumière diffuse pour éclairer les nombreuses nuits qui m'attendent.

Je veux te remercier pour tout ce que j'ai vécu et appris là-bas chez toi. Telle est la leçon : la mort m'a séparée de Marcelo comme la nuit éloigne les oiseaux. Uniquement pour une saison de tristesse.

Nous retrouverons nos amours lors d'un prochain clair de lune. Même sans étang, même sans nuit, même sans Lune. Au sein de la lumière, elles reviennent, éternelles, vêtements ondoyant dans le courant d'un fleuve.

Je ne sais pas si je suis plus heureuse que toi : je possède une maison où rentrer. J'ai mes parents, mes cercles où je m'avère pareille à ce que les autres attendent de moi. Ceux qui m'aiment ont accepté mon départ. Mais ils exigent que je revienne la même, reconnaissable, comme si le voyage n'était qu'une parenthèse. Tu es un enfant, Mwanito. Tu peux vivre encore énormément de voyage, énormément d'enfance. Personne ne pourra te demander de ne pas être davantage qu'un berger de silences.

Tu ne me répondras pas. Je ne laisse pas d'adresse ni aucun signe de moi. Si un jour tu as envie d'avoir de mes nouvelles, demande à Zacaria. Il m'a laissé pour tâche de réhabiliter une partie de son passé au Portugal. Il veut revoir sa marraine, voir renaître la magie des lettres. Un jour, j'en suis sûre, je reviendrai vers toi. Mais il n'y aura jamais plus de Jésusalem.

Le livre

Jamais plus
Ton visage ne sera pur limpide et vivant
Ni ta démarche telle une vague fugitive
Entrelacée aux pas du temps.
Et jamais plus au temps je ne donnerai ma vie.

Jamais plus je ne servirai de seigneur qui puisse mourir.
La lumière de l'après-midi me révèle les ravages
De ton être. Bientôt la pourriture
Boira tes yeux et tes os
Prenant ta main dans la sienne.

Jamais plus je n'aimerai qui ne puisse vivre
Toujours,
Car j'ai aimé comme s'ils étaient éternels
La gloire, la lumière et l'éclat de ton être,
Je t'ai aimé dans la vérité et dans la transparence
Et il ne me reste même plus ton absence
Tu es un visage de nausée et de négation
Et je ferme les yeux pour ne pas te voir.

Jamais plus je ne servirai de seigneur qui puisse mourir.

Sophia de Mello Breyner Andresen

Cinq ans s'étaient écoulés depuis le départ de Marta, Ntunzi et Zacaria. Un jour, Aproximado me fit appeler dans la salle à manger où se trouvaient Noci et quelques gamins du voisinage. Sur la table, il y avait un gâteau recouvert de sucre glace sur lequel étaient plantées des bougies.

– Compte les bougies, m'ordonna mon oncle.
– Pourquoi ?
– Compte.

– Seize.

– C'est ton âge, dit Aproximado. C'est ton anniversaire aujourd'hui.

Jamais auparavant on ne m'avait fêté mon anniversaire. À vrai dire, il ne me venait même pas à l'idée qu'il existât un jour où j'étais né. Mais voilà que là, dans la salle à manger sombre de notre maison, la table était mise avec des gâteaux et des rafraîchissements, décorée de rubans et de ballons. Avec mon nom écrit sur le nappage du gâteau.

Ils allèrent chercher mon vieux et l'installèrent auprès de moi. Un à un, les invités me remirent des cadeaux que j'empilais maladroitement au fur et à mesure sur la chaise d'à côté. Ils se mirent soudain à chanter et à applaudir. Je compris que, le temps d'un instant, j'étais le centre de l'univers. Sur ordre d'Aproximado, j'éteignis les bougies d'un souffle. À ce moment-là mon père sortit de son immobilité et serra mon bras sans que nul ne le remarque. C'était sa manière de se montrer affectueux.

Quelques heures plus tard, de retour dans sa chambre, Silvestre se renferma dans sa coquille habituelle. Je m'occupais de lui depuis cinq ans, je l'accompagnais dans les trivialités quotidiennes, je l'aidais à manger et à se laver. C'était l'Oncle Aproximado qui s'occupait de moi. Très souvent, ce parent s'asseyait en face de Silvestre et, après avoir longuement confronté leurs regards, il s'interrogeait à haute voix :

– Tu ne ferais pas semblant d'être fou uniquement pour ne pas me payer tes dettes ?

Sur le visage de Vitalício, on ne distinguait pas l'ébauche d'une réponse. J'appelais mon oncle à la raison : comment cette comédie pouvait-elle être aussi convaincante et durable ?

– Ce sont de vieilles dettes qui datent de Jésusalem. Ton père ne payait plus les marchandises depuis des années.

– Sans parler du reste, ajoutait-il.

Aproximado n'expliqua jamais en quoi consistait ce "reste". Et il poursuivait sa jérémiade, toujours la même : son beau-frère n'avait jamais imaginé combien le voyage sur la route vers Jésusalem était difficile. Ni combien le chauffeur devait payer pour éviter les embuscades et échapper aux braquages. Le secret de la survie, suggérait-il, c'est de déjeuner avec le diable et de manger les restes avec les anges. Et il concluait, faisant briller son intelligence :

– C'est bien fait pour moi. Le commerce dans la famille, voilà ce que ça donne…

– Je peux payer, mon oncle.

– Payer quoi ?

– Les dettes…

– Ne me fais pas rire, mon neveu.

Si dettes il y avait, il faut bien dire qu'Aproximado ne se vengeait pas sur moi. Au contraire, il me protégeait comme le fils qu'il n'avait jamais eu. Sans lui, je n'aurais jamais fréquenté l'école du quartier. Je n'oublierai jamais mon premier jour de classe, mon sentiment étrange de voir autant d'enfants assis dans la même salle. Encore plus étrange était le livre qui nous réunissait des heures d'affilée, tissant des enfances dans un monde vieilli. Pendant des années, je m'étais conçu comme le seul enfant de l'univers. Et sa vie durant, on avait interdit à cet enfant solitaire de regarder un livre. Aussi, dès la première leçon, tandis que la table de multiplication et l'abécédaire circulaient dans la salle, je caressai mes cahiers et me remémorai mon jeu de cartes.

Ma fascination pour les cours ne passa pas inaperçue du professeur. C'était un homme maigre et sec, aux yeux caves et flétris. Il parlait avec passion de l'injustice et contre les nouveaux riches. Un après-midi, il emmena la classe visiter l'endroit où un journaliste qui avait dénoncé les corrompus avait été assassiné. Sur place, il n'y avait ni monument ni aucun signe d'hommage officiel. Seul un arbre, un anacardier, immortalisait le courage de celui qui risqua sa vie contre le mensonge.

– Laissons des fleurs sur ce trottoir pour nettoyer le sang ; des fleurs pour laver la honte.

Tels furent les mots du professeur. Avec l'argent de notre maître nous achetâmes des fleurs avec lesquelles nous recouvrîmes le trottoir. Sur le chemin du retour, le professeur marchait devant moi et à le voir si léger je craignis que, tel un cerf-volant en papier, il ne s'envolât dans les cieux.

– Il a fait ça ? s'étonna Noci. Il vous a emmenés voir le journaliste du peuple ?

– Et on a laissé des fleurs, tous…

– Alors demain tu remettras quelques papiers à ce professeur. Plus une petite lettre que je vais lui écrire…

Je ne sais pas ce qu'elle avait en tête, mais la fille ne se fit pas attendre. Obéissant à ses instructions, je surveillai le couloir tandis qu'elle fouillait les tiroirs d'Aproximado. Elle réunit des documents, griffonna une petite note et mit le tout dans une enveloppe.

Le lendemain matin, je la remis au professeur. À cette époque, on voyait bien à quel point notre maître délicat était malade. Et il continua de maigrir jusqu'à ce que le moindre vêtement eût l'air trop grand pour lui. Pour finir, il ne vint plus et on ne tarda pas à annoncer sa mort. Plus tard, on dit qu'il souffrait de la "maladie du siècle". Qu'il était une victime de plus de la "pandémie". Mais on ne prononça jamais le nom de la maladie.

Silvestre m'accompagna à l'enterrement du professeur. Au cimetière, il passa par la tombe de Dordalma. Et il s'assit avec la pesanteur de celui qui ne se relèverait jamais plus. Il demeura muet et immobile, seuls ses pieds frottaient le sable d'un côté à l'autre, en un balancement continu de pendule. Je lui donnai un peu de temps, puis l'invitai :

– On va rentrer, papa ?

Il n'y aurait pas de retour. À ce moment-là, je compris : Silvestre Vitalício venait de perdre tout contact avec le monde. Auparavant, il ne parlait presque pas. À présent, il ne voyait plus les gens. Uniquement des ombres. Et il ne parla plus jamais. Mon vieux était aveugle à lui-même. Désormais, il n'habitait même plus son corps.

Cette nuit-là, je pensai au professeur disparu. Et je conclus que la "maladie du siècle" était un ennoyautement du passé, un mal composé du temps. Cette maladie courait dans notre famille. Le lendemain, j'annonçai à l'école :

– Mon père aussi souffre de ça…

– De quoi ?

– De la maladie du siècle.

Ils me regardèrent avec commisération et dégoût comme si j'étais porteur de menaces contagieuses. Les amis m'évitèrent, les voisins s'éloignèrent. Ce bannissement m'apporta, je l'avoue, un contentement. Comme si secrètement je voulais retourner à la solitude. Et je glissai sur cette mauvaise pente du passé. Après la mort de mon professeur, je perdis l'intérêt pour l'école. Je sortais le matin avec l'uniforme de rigueur. Mais je restais dans la cour à griffonner des souvenirs dans mon cahier de textes. Quand autour de moi tout s'était obscurci, les pages conservaient encore l'éclat du jour. De retour à la maison, je me mis à saluer mon père comme autrefois, selon les préceptes de Jésusalem :

– Je peux dormir, papa. J'ai déjà étreint la terre.

Sans doute éprouvais-je au fond de moi la saudade de l'immense quiétude de mon triste passé.

Et il y avait Noci, une raison supplémentaire de manquer l'école. La fiancée d'Aproximado m'offrait son aide pour les devoirs d'école. Même s'il n'y en avait pas, je les inventais à seule fin de l'avoir penchée sur moi, plongeant ses grands yeux noirs dans les miens. Et il y avait encore la goutte de sueur qui coulait entre ses seins et je glissais noyé, empourpré dans cette goutte qui descendait sur sa poitrine jusqu'à sombrer dans un tremblement et un soupir.

Tôt le matin, Noci déambulait presque nue dans la maison. Je me mis à faire des rêves érotiques. Ce n'était pas quelque chose de nouveau en moi. Mes camarades d'école, mes professeurs et mes voisines étaient déjà passées par mes rêveries. Mais c'était la première fois que la douce présence d'une femme étourdissait toute la maisonnée. Plus tard, j'appris une chose : je n'étais pas le seul à rêver dans la chaleur de la nuit.

J'ignore quelles amours Noci vouait encore à Aproximado. La vérité, c'est qu'en certaines occasions on entendait des gémissements provenant de leur chambre. Mon père se tournait et se retournait dans son lit. Lui, qui était devenu sourd à tout, conservait une oreille pour les murmures libidineux. Un jour, je remarquai qu'il pleurait. Je le vérifiai par la suite : Silvestre Vitalício pleurait toutes les nuits où l'amour s'allumait dans la maison.

L'amour enchaîne avant même d'arriver. Je l'ai appris. Comme j'ai également appris que les rêves s'aiguisent de tant se répéter. À mesure que mes fantasmes nocturnes réclamaient Noci, sa présence devenait plus réelle. Jusqu'à ce qu'une nuit, je puisse jurer que c'était elle, en chair et en os, qui entrait, furtive, dans ma chambre. Sa silhouette se faufila sous les draps et, les instants restants, je fis naufrage à la frontière intermittente de nos corps. Je ne sais pas si c'est elle, incarnée, qui me rendit visite. Je sais qu'après son départ mon père pleurait dans le lit d'à côté.

Mon oncle ne se lassait pas de rabâcher tout ce qui n'avait pas été payé pour ses services rendus à la famille. Pourtant, d'après ce qu'on voyait, les dettes de Silvestre ne laissaient pas Aproximado sur la paille. Notre oncle s'enorgueillissait de l'argent qu'il amassait grâce au commerce des permis de chasse. "Mais ce n'est pas illégal ?" demandait Noci. Ah ! Qu'est-ce qui est illégal de nos jours ? Une main salit l'autre et toutes les deux imitent le geste de Pilate, n'est-ce pas ? Telle était la réponse de mon oncle. Et il n'y avait pas de jour où il ne rentrait avec de nouveaux motifs de réjouissance : il annulait des contraventions, fermait les yeux sur les infractions et inventait des complications pour les nouveaux investisseurs.

– Tu te rappelles mon camion pendant la guerre ? Eh bien l'appareil d'État est mon camion actuel.

Un dimanche, par vanité, il déplia la carte de la concession par terre dans la salle à manger et nous convoqua moi, mon père et Noci :

– Tu vois ta Jésusalem, mon cher grand Silvestre ? Eh bien, maintenant l'ensemble est une propriété privée, et c'est mon bien privatif, tu comprends ?

Le regard vide de mon père rasait le sol, mais ne se posa jamais là où son beau-frère l'entendait. Il arriva alors que Silvestre se décida à traverser la salle, ses pieds emportant la carte qui se déchirait en larges bandes. Incapable de se contenir, Noci éclata de rire. Des colères refoulées débordèrent du cœur d'Aproximado :

– Eh bien toi, ma chérie, tu ne viendras plus ici.

– Cette maison est à toi ?

– À partir de maintenant, je te rendrai visite chez toi.

Dès lors, Noci se mit à advenir comme la Lune. Visible uniquement à une période du mois. Et je me mis à survenir par marées, m'inondant de femme saisonnièrement.

Un jour, Noci arriva à la maison au milieu de la matinée. Elle se faufila furtive dans les chambres. Elle demanda Aproximado.

– À cette heure-ci, dona Noci ? répondis-je. À cette heure-ci, vous savez bien que mon oncle travaille.

La fille alla dans la salle de bains et, sans fermer la porte, jeta ses vêtements à terre. Soudain, je fus frappé d'une sorte d'aveuglement et je secouai la tête de crainte de ne plus jamais voir. J'entendis alors le bruit de l'eau de la douche et restai à imaginer son corps mouillé, caressé par ses propres mains.

– Tu es là, Mwanito ?

Gêné, je ne répondis pas. Elle devinait que je m'étais collé à la porte, incapable de l'épier, mais sans la force de m'éloigner.

– Entre.

– Comment ?

– Je veux que tu prennes une boîte dans mon sac. Je l'ai apportée pour toi.

J'entrai avec appréhension. Noci se séchait dans une serviette et je pouvais entrevoir tantôt sa poitrine tantôt ses longues jambes. Je pris une boîte en métal que je lui tendis, tremblant. Elle comprit mon geste.

– C'est bien celle-là. À l'intérieur il y a de l'argent. Tout est à toi.

Et elle entreprit d'expliquer l'origine de ce petit trésor. Noci faisait partie d'une association de femmes qui luttaient contre la violence domestique. Quelques mois auparavant, Silvestre avait interrompu l'une de ces réunions et traversé la salle en silence.

– Ce qu'il a fait est très étrange, se rappela Noci.

– Ne le prenez pas mal, protestai-je. Mon père a toujours eu une conception négative des femmes, je vous prie de lui pardonner…

– Au contraire, moi… nous toutes, plus exactement, sommes très reconnaissantes.

Voilà ce qui était arrivé : Silvestre avait traversé la salle et déposé une boîte avec de l'argent sur la table. C'était sa contribution à la cause de ces femmes.

L'association avait fermé entre-temps. Diverses menaces avaient semé la peur chez les membres. Noci ne faisait que restituer le geste solidaire de mon père.

– Maintenant, tu vas cacher ce fric de la vue d'Aproximado, tu as entendu ? Cet argent est à toi, uniquement à toi.

– Uniquement à moi, dona Noci ?

– Oui. Comme moi, en ce moment, je ne suis qu'à toi.

Sa serviette tomba à mes pieds. Et, de nouveau, comme la première fois à Jésusalem, la présence d'une femme fit s'évanouir le sol. Elle et moi, nous nous jetâmes dans cet abîme. Finalement, lorsque nos corps épuisés reposèrent entrelacés sur le carrelage, elle passa ses doigts sur mon visage et murmura :

– Tu pleures…

Je niai, avec conviction. Ma fragilité semblait émouvoir Noci et, me regardant intensément dans les yeux, elle demanda :

– Qui t'a appris à aimer les femmes ?

J'aurais dû répondre : c'est le manque d'amour. Mais aucun mot ne vint à ma rescousse. Désarmé, je vis Noci reboutonner sa robe, s'apprêtant à partir. Au dernier bouton, elle s'arrêta et dit :

– Quand il nous a remis la boîte avec l'argent, ton père ignorait qu'au milieu des billets il y avait un mot avec des instructions.

– Des instructions ? De qui ?

– De ta mère.

Mon père n'avait jamais compris, mais sa défunte épouse avait laissé un mot qui expliquait l'origine et le but de cet argent. C'étaient les économies de Dordalma, elle léguait cet héritage pour que ses enfants ne manquent de rien.

– C'est ta mère. C'est elle qui t'a appris à aimer. Dordalma a toujours été là.

Et sa main ouverte se posa sur ma poitrine.

Jusqu'à ce qu'on vienne chercher mon oncle. Une dénonciation anonyme, dirent-ils. Moi seul savais que les documents compromettants provenaient de son tiroir et que c'était sa propre fiancée qui avait acheminé ces papiers avec ma complicité. Quand il rentra après avoir payé sa caution, Aproximado se méfiait de tout et de tous. Il soupçonnait surtout les pouvoirs secrets de mon père. Au dîner, profitant de l'absence de Noci, Aproximado durcit sa voix :

– C'est toi Silvestre, je parie que c'est toi.

Mon père n'entendit pas, ne le regarda pas, ne parla pas. Il existait dans une autre dimension et seule sa projection corporelle figurait devant nous. Mon oncle reprit son discours autoritaire :

– Eh bien, je te le dis : tu pars exactement comme tu es venu, mon cher grand Silvestre. Je t'exporte comme si tu étais un trophée.

Je peux jurer que je vis un sourire railleur sur le visage de mon père. Son beau-frère perçut sans doute la même chose car, surpris, il demanda :

– Qu'est-ce qui se passe ? Tu entends à nouveau correctement ?

Alors, puisque c'était comme ça, que Silvestre ouvre bien ses oreilles. Et mon oncle de se lancer dans l'inventaire des préjudices. Mon père se leva brusquement de sa chaise et renversa lentement le contenu de son verre sur le plancher. On comprenait tous : il donnait à boire aux défunts, il demandait pardon d'avance pour un quelconque mauvais présage.

– C'est trop fort, ça c'est trop fort ! grogna Aproximado.

La provocation de son beau-frère veuf avait atteint ses limites. Boitant davantage qu'à l'accoutumée, mon oncle alla dans la chambre et en rapporta une photographie. L'agitant sous mon nez, il s'écria :

– Regarde qui c'est, mon neveu.

Saisi d'une âme soudaine et insoupçonnée, mon père sauta sur la table, recouvrant la photographie de son corps. Aproximado le repoussa et ils se bagarrèrent tous les deux pour la photo. Comprenant que c'était le visage de ma mère qui valsait entre les mains d'Aproximado, je décidai d'entrer dans la danse. Mais, en un rien de temps, le papier fut déchiqueté et chacun de nous se retrouva avec un bout dans les doigts. Silvestre s'empara des restes et les déchira en mille morceaux. Je gardai mon bout de photographie. Seules les mains de Dordalma figuraient sur cette coupure. Sur ses doigts entrelacés, on discernait un anneau de mariage. Déjà dans mon lit, je baisai à plusieurs reprises les mains de ma mère. Pour la première fois, je souhaitai bonne nuit à celle qui m'avait offert toutes les nuits.

Avant de m'endormir, je sentis Noci entrer dans ma chambre. Cette fois, c'était bien réel. Elle se colla à moi, nue, et je parcourus les courbes de son corps tandis que je perdais la notion de ma propre substance.

– C'est toi qui me connais, c'est toi qui me touches…

– Ne faisons pas de bruit, dona Noci.

– Ce n'est pas du bruit, Mwanito. C'est de la musique.

De la musique ? Mais moi, j'étais terrorisé à l'idée que mon père soit là, à côté, et plus encore qu'Aproximado puisse nous entendre. La présence de Noci était néanmoins plus forte que la peur. À la voir monter et descendre sur mes jambes, le doute rejaillit de nouveau : et si les femmes me rendaient aveugle comme cela arrivait avec mon frère Ntunzi ? Je fermai les yeux et ne les rouvris que lorsque Noci tira la porte en partant.

Le jour suivant ne vit pas le jour. Au milieu de la matinée, Aproximado était de retour du bureau et ses cris retentirent dans le couloir :

– Fils de pute !

Je tremblai : mon oncle m'insultait après avoir découvert comment je l'avais trahi avec Noci. L'écho inégal de ses pas progressa dans le couloir et, assis sur mon lit, je m'attendis au pire. Pourtant, les hurlements à l'entrée de la chambre m'évoquèrent quelque chose de bien différent de mes craintes initiales :

– J'ai été puni ! J'ai été muté ! Fils d'une grande pute, je sais qui a organisé tout ça…

Devant nous s'évanouissait définitivement l'image d'un oncle jadis discret et affable. Sa gestuelle, autour du lit du vieux Silvestre, était imposante et en même temps caricaturale. Il sortit son portable comme s'il empoignait un pistolet et proclama :

– Je vais appeler ton fils aîné, c'est lui qui va s'occuper de cette situation de merde.

Et il poursuivit ses pleurnicheries en attendant que quelqu'un réponde à son appel. Toute sa vie, il avait supporté un fou à lier. Maintenant, il avait chez lui un poids mort, plus exactement deux poids morts. Il interrompit sa litanie, comprenant que Ntunzi avait décroché. Aproximado nous expliqua qu'il allait mettre l'appel sur haut-parleur pour que nous puissions suivre la conversation.

– Qui est au bout du fil ? C'est Ntunzi ?

– Ntunzi ? Non. Ici c'est le sergent Ventura.

La bouche soudainement sèche, une braise froide dans la gorge, était-ce cela la saudade ? Dans cette salle étouffante, face au pouvoir évocateur de la voix d'un absent, je ravalai ma salive. Aproximado répéta ses fastidieux reproches contre son beau-frère. De l'autre côté, Ntunzi minimisa :

– Mais ce Silvestre est tellement faible, tellement en dehors du monde, tellement loin de tout…

– Tu fais erreur, Ntunzi. Silvestre est plus pesant et plus inconvenable que jamais.

– Mon pauvre père, jamais il n'a été si peu quelqu'un…

– Ah oui ? Alors dis-moi pourquoi il continue à m'appeler Aproximado ? Hein ? Pourquoi il ne m'appelle pas Oncle Orlando, ou même Oncle Madrinho, comme autrefois ?

– Ne me dis pas que tu penses à expulser Silvestre ? Mais cette maison est à lui.

– Était. J'ai déjà payé plus que ce que je devais pour elle et pour tout le reste.

– Attends, mon oncle…

– C'est moi qui dicte les règles, neveu. Tu vas demander une permission à la caserne, tu reviens en ville et tu m'emmènes ces deux bons à rien d'ici…

– Et où veux-tu que je les emmène ?

– En enfer… plus précisément à Jésusalem, c'est ça, ramène-les à nouveau à Jésusalem, peut-être que Dieu s'est déjà installé là-bas, qui sait ?

Aussitôt après, Aproximado empaqueta ses affaires et partit. Noci voulut organiser un repas d'adieu, mais mon oncle s'esquiva. Célébrer quoi ? Et il s'en alla. Avec Aproximado s'en fut également sa fiancée, ma maîtresse secrète. Mon désir la convoqua encore, mon rêve la fit coucher sur le lit conjugal vide. Mais Noci ne donna pas signe de vie. Et je me persuadai : j'avais un corps, mais il me manquait les années. Un jour, je la chercherai et lui avouerai combien mes rêves lui avaient été fidèles.

Une semaine plus tard, Ntunzi fit son apparition à la maison. Il arrivait euphorique, impatient de la rencontre. Il avait progressé dans sa carrière militaire : les insignes sur ses épaules indiquaient qu'il n'était plus un simple soldat. Je crus que je me jetterais dans les bras de mon frère. Pourtant, mon apathie et ma froideur m'étonnèrent lorsque je le saluai :

– Salut, Ntunzi.

– Oublie ce Ntunzi. Désormais, je suis le sergent Olindo Ventura.

Intimidé par mon indifférence, le sergent recula de deux pas et, le sourcil froncé, manifesta sa déception :

– C'est moi, ton frère. Je suis ici, Mwanito.

– J'ai vu.

– Et papa ?

– Il est à l'intérieur, tu peux entrer. Il ne réagit plus…

– On dirait qu'il n'y a pas que lui.

Le militaire fit demi-tour et disparut dans le couloir. J'entendis la mélodie imperceptible de son monologue dans la chambre de mon père. Peu après, il revenait pour me tendre un sac en tissu :

– Je t'ai rapporté ça.

Comme je ne bougeais pas un muscle, il retira lui-même du sac mon vieux jeu de cartes. Des grains de sable et des saletés y étaient toujours accrochés. Devant ma passivité, Ntunzi déposa l'offrande sur mes genoux. Cependant, les cartes ne tinrent pas. Elles tombèrent une à une, abandonnées.

– Qu'est-ce qui se passe, mon frère ? Tu as besoin de quelque chose ?

– Je voudrais être mordu par la vipère qui a attaqué papa.

Ntunzi demeura silencieux, intrigué. Remâchant les doutes les plus amers, il demanda :

– Tu te sens bien, petit frère ?

Je hochai la tête dans l'affirmative. J'étais comme je l'avais toujours été. C'était lui qui avait changé. Le souvenir du jour où, lorsque nous étions encore à Jésusalem, Ntunzi m'avait fait part de son intention de m'abandonner m'assaillit. Cette fois, son absence s'était déroulée, tellement longue et douloureuse que je ne l'avais plus ressentie.

– Pourquoi tu n'es jamais venu nous voir ?

– Je suis un militaire. Je ne décide pas de ma vie.

– Non ? Alors, pourquoi tu es si heureux ?

– Je ne sais pas. Peut-être parce que, pour la première fois, j'ai quelqu'un sous mes ordres.

Des bruits pour moi familiers nous parvinrent de l'intérieur de la maison : Silvestre frappait le plancher de sa canne, réclamant mon aide pour se rendre aux toilettes. Ntunzi me suivit et vit comme j'aidesoignais notre vieux père.

– C'est toujours comme ça ? demanda-t-il.

– Plus que toujours.

Nous déposâmes à nouveau Silvestre sur son éternel lit, sans qu'il s'aperçoive de la présence de Ntunzi. Je remplis son verre d'eau, y ajoutai un peu de sucre. Je branchai la télévision, arrangeai sa tête sur les oreillers et le laissai, son regard perdu sur l'écran lumineux.

– Je trouve ça étrange : Silvestre n'est pas tellement âgé. Son état, tellement moribond, est-ce que c'est vrai ?

Je ne savais pas répondre. À vrai dire, dans notre monde, peut-on vivre autrement que sans leurres ?

De retour à la cuisine, un élan me jeta contre la poitrine de mon frère. Je l'embrassai enfin. Et l'étreinte dura tout le temps de son absence. Il fallut que son bras, subtil, m'écartât. Je n'étais plus un enfant, j'avais perdu l'accès aux larmes. Je pris le jeu de cartes dans mes mains et en secouai la poussière tandis que je demandais :

– Et des nouvelles de Zacaria ?

Zacaria Kalash se faisait toujours passer pour un militaire. Mais lui, oui, était vieux, bien plus vieux que notre père. Un jour, la police militaire l'interpella pour vérifier l'origine de son uniforme. Pire que faux : c'était un uniforme colonial. Zacaria fut emprisonné.

– Il a été libéré la semaine dernière.

Mais là n'était pas la nouvelle : Marta allait lui payer un billet pour qu'il aille au Portugal. Zacaria Kalash allait rendre visite à sa marraine de guerre des vieux temps de l'armée.

– Voir sa marraine maintenant, c'est un peu tard, tu ne trouves pas ?

Nous craignons la mort, oui. Mais il n'est pas de plus grande peur que celle qu'on éprouve devant une vie bien remplie, une vie vécue à pleins poumons. Zacaria avait perdu cette crainte. Et il allait vivre. Telle fut la réponse de notre Zacaria lorsque mon frère interrogea sa décision.

En visite au cimetière, nous restâmes auprès de la tombe de Dordalma. Ntunzi pria les yeux fermés et je fis semblant de l'accompagner, honteux de ne jamais avoir appris de prière. Puis, une fois à l'ombre, Ntunzi prit une cigarette et s'isola un moment. Quelque chose me rappela les temps où j'aidais notre vieux père à fabriquer des silences.

– Et toi, Ntunzi, tu vas rester un peu avec nous ?

– Oui, quelques jours. Pourquoi tu me demandes ça ?

– Je suis épuisé de m'occuper tout seul de notre père.

Heureusement, je ne savais pas prier. Parce que, ces derniers temps, je priais Dieu qu'Il emportât notre père dans les cieux. Ntunzi écouta ma triste confidence, il passa sa main sur sa jambe, caressant la tige de sa botte militaire. Il ôta sa casquette et la réajusta sur sa tête. Je compris : il se préparait à une grave déclaration. Sa qualité de soldat confortait son courage. Il me fixa longuement avant de parler :

– Silvestre est notre père, mais tu es son fils unique.

– Qu'est-ce que dis, Ntunzi ?

– Je suis le fils de Zacaria.

Je fis comme s'il n'y avait rien de surprenant. Je quittai l'ombre et fis le tour du tombeau de ma mère. Et je pensai aux secrets infinis que cette stèle dissimulait. Finalement, quand Dordalma avait quitté la maison dans le *chapa-cem* prédestiné, elle allait retrouver Zacaria. À présent tout faisait sens : la façon différente dont Silvestre me traitait. Les punitions qu'il infligeait à mon frère. La protection voilée mais constante que Kalash prodiguait à Ntunzi. Le tourment avec lequel le militaire avait conduit mon frère malade dans le fleuve. Tout faisait sens à présent. Jusqu'à la manière dont Silvestre avait renommé mon frère. Ntunzi veut dire "ombre". J'étais la lumière de ses yeux. Ntunzi lui déniait le Soleil, lui rappelant le péché éternel de Dordalma.

– Tu as déjà parlé avec lui, Ntunzi ?

– Avec Silvestre ? Comment, puisqu'il ne donne pas signe ?

– Avec Zacaria, ton nouveau père ?

Non. Ils étaient tous les deux militaires et il y avait des sujets qu'il n'était pas de bon ton de ramener dans la conversation. À toutes fins inutiles, Silvestre resterait son unique et légitime père.

– Mais regarde ce que m'a donné Zacaria. Celle-ci c'est la dernière balle, tu te souviens ?

Il exhiba le projectile. C'était la balle logée dans son épaule, celle qu'il n'avait jamais expliquée. Elle avait été tirée par mon père, lors de la dispute à l'enterrement.

– Tu as vu ? Ton père a failli tuer mon père ?

– Il n'y a qu'une chose que je ne comprends pas : pourquoi ont-ils été ensemble à Jésusalem…

– La culpabilité, Mwanito. C'est le sentiment de culpabilité qui les a réunis…

Ce que Ntunzi me raconta alors me laissa perplexe : la bagarre dans l'église entre Zacaria et Silvestre ne correspondait pas à ce que tous avaient cru. La réalité était loin du récit de Marta. Voici ce qui était réellement arrivé : terrassé par le remords, Zacaria s'était présenté tardivement à l'enterrement, ignorant totalement ce qui s'était passé pendant les dernières heures de son aimée. Pour lui, Dordalma s'était suicidée par sa faute. Ainsi, plié sous le poids de la culpabilité, le militaire s'était présenté pour les condoléances. À l'église, Zacaria avait donné l'accolade à mon père, déclarant en bon militaire qu'il devrait laver son honneur. Étranglé par les pleurs, il avait saisi son pistolet pour mettre fin à sa vie. Silvestre s'était collé contre Kalash juste à temps pour dévier le tir. La balle s'était logée près de la clavicule. Elle aurait touché le cœur s'il n'avait pas été autant diminué, avait commenté Kalash, amer.

Plus tard, à la sortie de l'hôpital où le militaire fut soigné, mon vieux se déroba à l'accolade donnée par Zacaria en signe de gratitude :

– Ne me remercie pas. Je ne fais que te rendre la pareille…

Mon frère dormit dans la salle à manger. Cette nuit-là, je ne trouvai pas le sommeil. Je pris une chaise longue et m'assis à la porte de la maison. Il bruinait et la rosée troublait le paysage alentour. Je pensai à Noci. Et les abîmes se déchirant sous mes pieds me manquèrent. Peut-être irais-je la voir, si elle persistait dans son absence.

Le bruit de la porte était presque attendu. Mon frère se joignait à mon insomnie. Il apportait avec lui le jeu de cartes et m'invita :

– Une partie, Mwanito ?

Le jeu n'était qu'un prétexte, nous en étions sûrs. Nous jouâmes en silence comme si le résultat de la partie était vital. Jusqu'à ce que Ntunzi dise :

– En route vers la ville, je suis passé par Jésusalem.

– Aproximado dit que tout est changé.

Ce n'était pas vrai. Malgré tout, le temps n'avait pas outrepassé la barrière de la concession. Ntunzi m'assura cela, décrivant en détail tout ce qu'il avait vu dans notre ancienne résidence. Je l'interrompis au début de son récit :

– Attends, on va ramener papa ici.

– Mais il ne dort pas ?

– Dormir est sa façon de vivre.

Nous traînâmes le vieux Silvestre dans nos bras et le déposâmes dans l'escalier, appuyé contre la dernière marche.

– Maintenant tu peux continuer. Raconte-nous ce que tu as vu, Ntunzi.

– Mais il entend quelque chose ? Je crois que oui, n'est-ce pas, Silvestre Vitalício ?

À haute voix, mon frère donna force de détails et me guida à travers cette dernière visite. Mon père demeura les yeux fermés, sans réaction.

– J'ai gâché une journée entière dans mon passé. Un jour à Jésusalem.

Ainsi Ntunzi débuta-t-il le récit de sa visite. Dans le campement, il fouilla les traces de notre séjour, chercha les annotations secrètes que j'avais griffonnées pendant des années et enterrées dans le terrain. Il visita les bâtiments en ruine, ratissa le sol comme s'il éraflait sa peau elle-même, comme si les souvenirs étaient une tumeur dissimulée dans son corps. Et il récupéra le jeu de cartes dans la cachette où je l'avais laissé. L'unique témoin de notre présence.

Il tint les petites cartes en les levant vers le ciel comme on le fait aux nouveau-nés. Une partie était effacée, illisible. Les vers du temps avaient détrôné les rois, les valets et les dames.

– Et ensuite, Ntunzi ? Qu'est-ce que tu as fait, qu'est-ce qui s'est passé après ?

Mon frère grimpa à l'armoire de sa chambre, sa vieille valise dans laquelle il avait caché ses dessins était là. Il secoua la poussière pour mieux faire apparaître les dizaines de visages de notre mère. Tous différents, mais toujours les mêmes yeux immenses de qui se tient dans le monde comme à une fenêtre : dans l'attente d'une autre vie.

Ntunzi interrompit son récit et s'agenouilla inopinément pour dévisager mon père.

– Qu'est-ce qu'il y a ? demandai-je.

– Papa… il pleure…

– Non, c'est comme ça… une fatigue, rien de plus.

– J'ai cru qu'il pleurait.

Mon frère avait perdu le contact avec nous et ne savait plus lire sur le visage de notre vieux géniteur. Je ramassai les cartes et les déposai entre les mains de Ntunzi.

– Je t'en prie, mon frère, lis-moi le jeu, rappelle-moi ce que j'ai écrit.

Et ce furent des instants profonds d'un fleuve s'écoulant. Mon frère faisait mine de déchiffrer les petites lettres parmi les barbes des rois et les tuniques des dames. Je savais qu'il inventait presque tout, mais nous méconnaissions tous les deux depuis longtemps la frontière entre le souvenir et le mensonge. Assis sur la chaise de la terrasse et balançant le corps comme le faisait mon vieux père, Ntunzi, me voyant inerte, interrompit sa lecture.

– Tu t'es endormi, Mwanito ?

– Tu te souviens comment je t'ai accueilli hier, froid et distant ?

– J'avoue que j'ai été choqué. Moi qui avais choisi mon plus bel uniforme…

– C'est que je souffre de la maladie de papa.

Pour la première fois, je confessai ce qui depuis longtemps me serrait la poitrine : j'avais hérité de la folie de mon père. Pendant de longues périodes, j'étais attaqué d'une cécité sélective. Le désert se transférait à l'intérieur de moi, métamorphosant le voisinage en un peuplement d'absences.

– J'ai des aveuglements, Ntunzi. Je souffre de la maladie de Silvestre.

J'allai au tiroir de la cuisine chercher le cartable d'école que j'ouvris en grand devant le regard ébahi de mon frère.

– Regarde ces papiers, dis-je en lui tendant un paquet de feuilles calligraphiées.

J'avais écrit tout cela dans les moments d'obscurcissement. Frappé de cécité, je ne voyais plus le monde. Je ne voyais que des lettres, tout le reste était des ombres.

– Toi, maintenant, tu es une ombre.

– Je porte déjà un nom d'ombre.

– Tu arrives à me lire ?

– Évidemment, c'est ton écriture. Bien dessinée, comme elle l'a toujours été… Attends un peu, tu dis que tu as écrit tout ça sans voir ?

– Je ne cesse d'être aveugle que lorsque j'écris.

Ntunzi choisit une page au hasard et lut à haute voix : "Celle-ci est ma dernière parole, proclama Silvestre Vitalício. Soyez attentifs, mes enfants, car jamais plus personne ne m'entendra à nouveau. Moi-même je prends congé de ma voix. Et je vous dis : vous avez commis une grave erreur en me ramenant en ville. Je suis ainsi mourant à cause de ce traître voyage. La distance n'a jamais tracé de frontière entre Jésusalem et la ville. La peur et la culpabilité furent l'unique frontière. Aucun gouvernement au monde ne commande davantage que la peur et la culpabilité. La peur m'a conduit à vivre, retiré et petit. La culpabilité m'a conduit à me fuir moi-même, dépeuplé de souvenirs. Jésusalem, c'était ça : pas une terre mais l'attente d'un Dieu encore à naître. Ce Dieu seul m'aurait soulagé d'un châtiment que je m'étais imposé à moi-même. Mais je n'ai compris que maintenant : mes fils, mes deux fils, eux seuls peuvent m'apporter ce pardon."

Sa voix s'étrangla et il suspendit sa lecture. Mon frère s'accroupit auprès de Silvestre et relut la dernière phrase "… mes fils, mes deux fils…"

– Silvestre, vous avez dit ça ?

Devant la passivité de mon père, Ntunzi se tourna vers moi, interrogeant, la voix tremblant d'émotion :

– C'est vrai, petit frère ? Papa a parlé comme ça ?

– Toute notre vie est dans ces pages. Et vivre, Ntunzi, quand vivons-nous vraiment ?

Je rangeai les feuilles et les mis dans le cartable. Et je lui offris mon livre comme mon unique et ultime possession.

– Jésusalem est ici.

Ntunzi étreignit le cartable et pénétra dans la maison. Je restai à regarder mon frère s'évanouissant dans le noir, tandis que des souvenirs de l'époque où nous effacions des chemins pour protéger notre réduit solitaire me ressurgissaient. Et il me revint en mémoire la pénombre où je déchiffrai les premières lettres. Et je me remémorai le miroitement des lumières par-dessus le fleuve. Et la biffure des jours sur le mur noir du temps.

Soudain, je fus frappé d'une immense saudade de Noci. Peut-être irais-je la trouver plus tôt que je ne le pensais. La tendresse de cette femme me confirmait que mon père se trompait : le monde n'est pas mort. Finalement, le monde n'est même pas né. J'apprendrais, qui sait, dans le mélodieux silence des bras de Noci, à retrouver ma mère marchant dans un désert infini avant d'atteindre le dernier arbre.

Table

Imprimé en France par CPI
en octobre 2015

Composition réalisée par FACOMPO,
Lisieux (Calvados)

Dépôt légal : janvier 2013
N° d'édition : 24175004
N° d'impression : 131313